奥威尔作品全集

George Orwell
奥 威 尔 小 说 全 集

动物农场
Animal Farm

［英］乔治·奥威尔 著　陈超 译

上海译文出版社

一

　　曼纳农场的琼斯先生在睡觉前关上了鸡棚的门，但他喝得酩酊大醉，忘了关上给鸡走的小洞。他跟跟跄跄地走过院子，手里的灯笼泛出的光圈晃个不停。来到后门那里他踢掉脚上的靴子，从碗碟洗涤间的木桶里倒了最后一杯啤酒，一口喝下去，然后跌跌撞撞地上床睡觉。琼斯夫人早已酣然入睡。

　　卧室里的灯一灭，整个农场开始喧闹起来。白天的时候消息已经传开了：曾获得"中等体格白猪大奖"的老少校昨晚做了一个奇怪的梦，希望将梦的内容讲述给其他动物听。大家一致决定，等琼斯先生不在，情况安全的时候，就到大谷仓里集合。老少校（大家都这么叫他，虽然他参加展出时的名字叫"英俊的威灵顿"）在农场里地位很高，大家都愿意放弃一个小时的睡眠时间听他讲话。

　　在大谷仓的一头有一处隆起的平台，老少校正端坐在草堆上，头顶的横梁上挂着一盏灯。他已经十二岁了，变得非常臃肿，但仍不失为一只仪表堂堂的猪，虽然两根獠牙没有被切掉，看上去却非常睿智慈祥。很快，其他动物陆续到达，以各自独特的方式让自己坐得舒服一些。最早到的是三只狗，布鲁贝尔、杰西和平切尔。接着猪们也来了，他们立刻躺在平台前的干草堆上。母鸡们蹲坐在窗台上，鸽子们则飞上横梁。绵羊们和奶牛们躺在猪们的后面，开始咀嚼反刍的食物。那两匹拉车的马——鲍克瑟和克洛弗慢悠悠地走进来，小心翼翼地让硕大而毛茸茸的马蹄落地，担心会有某只小动物藏在干草堆里。克洛弗是匹胖乎乎的、快到中年的母马，自从生下第四胎马驹之后，身材就没能恢复过来。鲍克瑟体格魁梧，约有 18 挌[1]高，两匹普通的马加起来也未必有他那么壮。他的鼻子上有一道白条，看上去有点憨，事实上，他的确不怎么聪明，但大家都很尊敬他，因为他性格沉稳，干活时力大无穷。白山羊穆丽尔和驴子本杰明跟在后面。本杰明是农场里年纪最大的动物，脾气也最糟糕。他很少说话，一开口总是愤世嫉俗的言论——例如，他会说上帝给了他一根尾巴驱赶蚊蝇，但他宁愿没有尾巴也没有蚊蝇。在农场里，只有他从不开怀大笑，如果问他为什么不笑，他

① 英国衡量马身高度的单位是"挌"（hand），约为 4 英寸(10.16 厘米)。

会说他没看到什么值得笑的事情。不过，虽然他没有公开承认过，但他和鲍克瑟结下了深厚的友谊。星期天的时候他们俩总是在果园那头的小牧场消磨时间，并排低着头吃草，一切尽在不言中。

两匹马刚躺下来，一群没有了妈妈的小鸭子们就列队走进谷仓。它们怯生生地呱呱呱叫嚷着，踌躇地徘徊着，想找一处不会被别的动物踩到的地方。克洛弗用两条前腿为他们筑起了一道护墙，小鸭子们蜷缩在她的怀抱中，很快就睡着了。最后一刻，给琼斯先生拉二轮小马车的莫莉——那头傻气贪美的白色母马——花枝招展地走了进来，嘴里咀嚼着一块方糖。她在靠近前排的地方坐了下来，开始摆弄白色的鬃毛，希望让别人注意到上面那根红色的缎带。最晚到的是猫，和往常一样，她左顾右盼，寻找最温暖的地方，然后挤进鲍克瑟和克洛弗的中间，舒舒服服地打起呼噜——老少校的演讲到底说了些什么，她从头到尾一个字也没有听进去。

所有的动物都到齐了，只有那只豢养的乌鸦摩西没有来，他在后门的一根栖木上睡觉。老少校看到大家都已经舒服地就座，而且热切地期待着他发言，便清了清喉咙，开始说道：

"同志们，你们已经听说了，昨晚我做了一个奇怪的梦，但待会儿我再讲述梦的内容。首先，我想说的是别的事情。同志们，我知道我和你们在一起的时间没有几个月了，在我死之前，我觉得有义务将我的智慧和你们分享。我活了很久，在我独自躺在猪栏里的时候，我有许多时间进行思考。我想，或许我有资格说，我洞悉了这个世界上生活的本质，不比任何活着的动物差。我想告诉你们的就是这个。

"同志们，生活的本质到底是什么？让我们面对现实：我们的生活很悲惨，很辛苦，很短暂。我们被生下来，我们得到的食物只够我们苟延残喘，我们当中有能力的会被驱使干活，直到耗尽最后一丝力气。我们一旦失去了用途，马上就会被残忍地屠宰。在英国，任何一岁大的动物都不知道什么是快乐或闲暇。在英国，没有一只动物享有自由。动物的生活就是苦难和奴役：这就是直白的真相。

"但这是出于自然界的规律吗？是因为我们的土地如此贫瘠，无法让这里的动物享受舒适的生活吗？不，同志们，我一千个不同意！英格兰土地肥沃，气候温和，可以提供充足的粮食，供比现在多得多的动物享用。单是我们这座农场就足以养活十二匹马、二十头奶牛、数百头绵羊——我们很难想象这些动物可以多么舒服而有尊严地活着。那么，为什么我们活得这么痛苦？因为几乎一切我们的劳动所得都被人类偷走了。同志们，这就是问题的答案。总结起来就一个字——人。人是我们唯一的、真正的敌人。将人驱逐出去，饥饿和苦难的根源就将被彻底铲除。

"人是唯一只会消费，却不会产出的动物。他不会产奶，不会下蛋，没有力气拉犁，跑起来连兔子都追不到，但他却是一切动物的主宰。他驱使动物们干活，只给动物们最少分量的食物，让他们不至于饿死，将其他的收成占为己有。我们用劳动耕种土地，我们的粪便滋润了土地，但是，我们一个个都饿得饥肠辘辘。我面前的奶牛们，今年你们产出了多少牛奶？得有好几千加仑吧？这些牛奶原本应该用来哺育小牛，让他们茁壮成长，但牛奶到哪儿去了？每一滴牛奶都流入了我们敌人的喉咙。母鸡们，今年你们下了多少蛋？这些蛋有多少孵出了小鸡？其他的鸡蛋被卖到市场，所得的钱被琼斯和他的帮工们瓜分了。还有你，克洛弗，你生的那四头马驹哪儿去了？你原本还指望到老的时候靠他们赡养，给你慰藉呢。每头马驹到了一岁就被卖掉——你再也没见过它们。你生了四胎，而且还在田里干活，而你得到了什么回报？除了勉强喂饱肚子的饲料和马厩之外，还有什么？

"即使生活这么悲惨，我们也无法安享天年。我不能抱怨自己的情况，因为我很幸运。我十二岁了，有过四百多个孩子，这才是一头猪的自然寿命。但没有动物最后能逃过残忍的屠刀。你们，坐在我面前的肉猪们，一年后你们都将在猪栏里声嘶力竭地惊叫。可怕的命运将降临到大家身上——奶牛、猪、母鸡、绵羊，所有动物都一样。即使是马和狗也没有好下场。你，鲍克瑟，到你浑身的肌肉丧失力气的那一天，琼斯就会把你送到屠马场，他会砍断你的脖子，把你煮熟当猎狐犬的饲料。至于你们这群狗，当你们年纪大了，牙齿掉光了，琼斯就会往你们的喉咙上绑一块砖头，拉到附近的池塘里活活淹死。

"同志们，难道这还不够明白吗，我们生命中所有的不幸，都是拜人类的残暴统治所赐！只有消灭人类，我们劳动的所得才能归我们所有。我们几乎可以在一夜之间获得财富与自由。那么，我们必须怎么做？日夜努力，全身心努力，为推翻人类的统治而奋斗！同志们，这就是我要对你们说的话：起义！我不知道起义何时会到来，可能是一个星期，也可能是一百年，但我知道，就像我看到脚下的干草一样千真万确，迟早正义将会到来。同志们，在你们所剩下的短暂日子里，睁大你们的眼睛吧！最重要的是，将我的话传达给你们的下一代，让未来一代代动物坚持斗争，直到获得胜利。

"同志们，请记住，你们决不能动摇决心，不能让任何思想将你们引向歧途。当有人告诉你们，人类和动物其实利益一致，一方的繁荣即是另一方的繁荣时，不要相信他们，这些都是谎言。人类只会为自己谋求利益。我们动物要团结一致，以坚定的同志情谊进行斗争。所有的人类都是敌人，所有的动物都是同志。"

这时候传来了一声尖叫。原来老少校在讲话时，四只大老鼠从洞穴里溜了出来，坐在地上倾听他的发言，突然被那几只狗看见了，要不是老鼠们跑得快躲进洞穴里，命都可能没有了。老少校抬起蹄子，示意安静。

"同志们，"他说道，"有一点我们必须弄清楚：那些野生动物，比方说老鼠和兔子——他们是我们的朋友还是敌人？我们将投票决定。我提议大会表决这个问题：老鼠是同志吗？"

投票很快结束，绝大多数的动物同意老鼠是同志，只有四票反对，分别是那三只狗和那只猫，后来发现，猫两边都投了票。老少校继续说道：

"我没有别的要说了。我要再次重申，一定要牢牢记住，你们要痛恨人类和他们的一切行为。任何两条腿走路的，都是敌人；任何四条腿走路的，或长翅膀的，都是朋友。记住，在与人类的斗争中，我们绝不能变得和他们一样。即使你们战胜了人类，也不能沾上他们的恶习。任何动物都不得住在房子里，或睡在床上，或穿上衣服，或喝酒抽烟，或接触金钱，或从事贸易。人类的所有行为都是邪恶的。最重要的是，任何动物都不得对自己的同类施暴。无论强壮或软弱，聪明或愚笨，我们都是兄弟姐妹。任何动物都不得杀害其他动物。所有的动物都是平等的。

"现在，同志们，我将告诉你们昨晚我所做的梦。我不知道该怎么形容。我梦到了人类消失后世界的情形。这个梦唤醒了我原本早已忘记的事情：许多年前，那时我还是一只小猪，我的母亲和其他母猪经常唱一首古老的歌谣，但它们只会旋律和头三个单词。从小我就会哼唱这首歌谣，但一早就已经忘记了。但是，昨晚这首歌谣又在梦里浮现，而且连歌词也记得了——我确信就是很久之前动物们所唱的歌词。这首歌已经失传了好几代。同志们，现在我将为你们唱这首歌。我老了，声音沙哑了，但等你们学会了，就可以自己唱得更好听。这首歌名叫《英格兰兽》。"

老少校清了清喉咙，开始唱歌。正如他所说的，他的声音很沙哑，但唱得还蛮好听。歌曲的旋律很振奋激昂，有点像儿歌《克莱门汀》和墨西哥民歌《蟑螂》。歌词如下：

"英格兰的鸟兽们，爱尔兰的鸟兽们，

来自四方各地的鸟兽们，

请倾听我快乐的歌唱，

赞颂那美好的未来。

那一天迟早会实现，

暴虐的人类将被推翻、

英国肥沃的土地，

将只有我们鸟兽生长。

我们的鼻子不再穿着兽环，

背上不再会有马鞍，

嚼子和马刺不复存在，

残酷的鞭子永不噼啪作响。

我们的财富将超越想象，

小麦和大麦、燕麦和干草、丁香和豆子，还有那
甜菜，

到那天将是我们的美餐。

光明照耀着英国，

泉水将更加清冽，

轻风将更加舒适，

我们获得了解放。

为了这一天我们将不懈努力，

付出生命也在所不惜，

奶牛和马匹们、鹅和火鸡们

让我们为了自由而奋斗。

英格兰的鸟兽们，爱尔兰的鸟兽们，

来自四方各地的鸟兽们，

请倾听传播我的歌唱，

赞颂那美好的未来。"

听着这首歌，动物们激动万分。还没等老麦哲唱完，他们已经自己开始吟唱。即使是最愚笨的动物也已经学会了旋律和几句歌词，至于那些聪明的动物，比方说猪和狗，几分钟内他们就学会了整首歌。接着，在试唱了几遍之后，整座农场响起了《英格兰兽》嘹亮整齐的大合唱。奶牛们哞哞哞地唱，狗们汪汪汪地唱，绵羊们咩咩咩地唱，马们咴咴咴地唱，鸭子们嘎嘎嘎地唱。他们很喜欢这首歌，一连唱了五遍，如果不是被打断的话，可能整晚都会唱下去。

不幸的是，喧闹声吵醒了琼斯先生，他跳下床，认定院子里来了一只狐狸。他拿起总是摆在卧室墙角边的枪，朝夜色中连开了六枪。子弹射中了谷仓的墙壁，动物们的聚会只得匆匆解散。大家逃回各自睡觉的地方。家禽们飞上窝里，牲畜们躺在干草堆上，不一会儿，整座农场陷入了沉睡。

二

三天后，老少校在睡梦中安详逝世，遗体被埋葬在果园里。

这是三月初的事情。接下来的三个月，动物们展开了频繁的秘密活动。老少校的讲话让农场里那些比较聪明的动物获得了崭新的世界观。他们不知道老少校预言的起义何时会爆发，他们认为起义不会在他们的有生之年发生，但他们清楚地知道自己有责任为起义进行准备。教育和组织其他动物的责任落在了猪的身上，这是天经地义的事情，因为他们被公认为最聪明的动物。有两只年轻的公猪是同侪中的佼佼者，一头名叫斯诺鲍，另一头名叫拿破仑，都是琼斯先生准备养来卖的。拿破仑是农场里唯一的巴克夏公猪，体形庞大，样貌凶恶，言语不多，以行事专横独断而出名。斯诺鲍要比拿破仑更活泼一些，说话要快一些，想法多一些，但城府没有拿破仑那么深。农场里的其他猪都是肉猪，最出名的是一头小肥猪，名叫斯奎拉，长着胖嘟嘟的面颊和一双亮晶晶的眼睛，行动很敏捷，声音却很尖厉。他伶牙俐齿，当争辩一个话题时，他会跳过来跳过去，晃动着小尾巴，增强他的说服力。大家都说斯奎拉可以把黑的辩成白的。

这三头猪将老少校的教导发展成一套完整的理论，命名为"动物主义"。一星期有几个晚上，在琼斯先生睡着之后，他们会在谷仓里召开秘密会议，向其他动物阐明动物主义的原则。一开始他们遇到了愚笨而冷漠的反应。有的动物居然说要忠诚于琼斯先生，他们称琼斯先生为"主人"，傻乎乎地说什么"琼斯先生养育了我们。如果他不在了，我们都会饿死的"。其他动物则提出问题，像"为什么我们要在乎死后的事情呢？"或"如果起义迟早都会发生，我们奋斗与否又有什么关系呢？"三头猪很难让他们明白这有悖于动物主义的精神。最愚蠢的问题都是那头白母马莫莉提出来的，她问斯诺鲍的第一个问题是："起义之后还有方糖吃吗？"

"没有。"斯诺鲍坚定地回答，"这个农场没有制糖的工具。而且，你不需要吃糖，你会有享之不尽的燕麦和干草。"

"那我还能不能在鬃毛上装饰缎带呢？"莫莉又问道。

"同志，"斯诺鲍说道，"你所关心的那些缎带是奴隶的象征。你难道不明白，自由比缀带更重要？"

莫莉同意了，但她的语气并不是那么肯定。

三头猪更大的困难，是澄清那只家养的乌鸦摩西散布的谣言。摩西是琼斯先生的宠物，整天都在告密和散布谣言，但他说起话来头头是道。他声称自己知道有一个神秘的国度叫"糖果山"，所有的动物死后都会去那里。据摩西所说，糖果山位于天空中的某处，比云朵还要高。在糖果山，一周七天都是星期天，一年四季都有苜蓿草，篱笆上长满了方糖和亚麻籽饼。动物们都痛恨摩西，因为他老是在搬弄是非，从来不干活，但有的动物相信有糖果山，三头猪苦口婆心地劝告他们根本没有这么一处地方。

他们最虔诚的信徒是两匹拉车的马，鲍克瑟和克洛弗。这两匹马自己琢磨不出任何想法，但自从有了猪担任他们的导师之后，他们接受了一切理念，并以简单明了的方式传授给其他动物。他们从不缺席谷仓里的秘密会议，在会议结束前，总是带头唱《英格兰兽》这首歌。

结果，革命要比任何动物所预料的都发生得更早，而且更顺利。过去几年来，虽然琼斯先生是个苛刻的主人，但不失为能干的农场主。但最近他很不走运，打官司输了钱，变得意气消沉，而且酗酒无度。有时他会整天坐在厨房里的温莎式扶手椅上，一边读报纸一边喝酒，时不时用面包屑蘸啤酒喂摩西吃。他的帮工无所事事，谎话连篇。田里长满了杂草，房子的屋顶需要修葺，篱笆坏了也没人修，动物们连饭都吃不饱。

时至六月，干草差不多可以收割了。在仲夏节①的前夜，那天是星期六，琼斯先生去了威灵顿，在红狮酒吧喝得醉醺醺的，直到星期天中午才回到农场。帮工们早上给奶牛挤了奶，然后就去打野兔，忘了给牲畜喂饲料。琼斯先生回来后，立刻就在客厅的沙发上睡着了，拿一份《世界新闻报》盖住自己的脸，因此，直到夜幕降临，动物们还没有吃东西。最后，他们不堪忍受。一头奶牛用牛角顶破粮仓的大门，所有的动物都从储粮桶里尽情享用食物。这时琼斯先生醒了，他和四个帮工拿着皮鞭冲到粮仓里，四处挥鞭乱打。饥肠辘辘的动物们忍无可忍，虽然事先根本没有计划，但他们一齐冲向这几个一直在虐待他们的人类。琼斯和他的帮工突然间发现，他们被来自四面八方的动物抵撞踢打，局势全然失去了控制。他们从未见过动物们反抗，那些动物原本只会默默地忍受鞭笞和虐待，现在竟然造反了！他们吓得魂飞

---

① 仲夏节：英国传统节日，时间为六月底或七月初夏至当周的星期六。

魄散，不一会儿就放弃了抵抗，仓皇逃走。紧接着，五个人顺着马车行走的小路逃到大路上，动物们以胜利者的姿态在后面穷追不舍。

琼斯夫人从卧室的窗户朝外面张望，看到发生的那一幕，匆匆忙忙将几件贵重东西丢进皮包里，抄小路溜出了农场。摩西从鸟窝里飞出来，扑腾着翅膀跟在她后面，哑声哑气地尖叫着。与此同时，动物们将琼斯和他的帮工驱逐到大路上，然后关起有五道栅栏的大门。就这样，还没等他们意识到发生了什么事，起义已经获得胜利：琼斯被赶跑了，曼纳农场现在是他们的了。

最初几分钟动物们不敢相信运气竟然这么好。他们做的第一件事就是绕着农场转了一圈，似乎是为了查明有没有人类躲藏在某个地方。然后他们冲进农场的各座建筑，将深恶痛绝的琼斯统治过的痕迹统统清除掉。马厩尽头的鞍具室被撞开了，马嚼、鼻环、狗链和琼斯先生用来骟猪和骟羊的小刀统统被丢到水井里面，他们还在院子里生起一堆火，将缰绳、笼头、遮眼罩、有辱尊严的口套式马粮袋连同皮鞭扔到火堆里当垃圾烧掉。看到火焰吞没了皮鞭，所有的动物欢呼雀跃。斯诺鲍还将集市日挂在马鬃和马尾上的缎带也丢进火堆里。

他宣称："缎带和衣服一样是人类的特征。所有的动物都应该一丝不挂。"

鲍克瑟听到了这番话，拿出夏天时戴的小草帽——这顶帽子夏天时可以防止蚊蝇飞进耳朵里——将它也扔进火堆。

不一会儿，动物们就将一切让他们想起琼斯先生的事物销毁得一干二净。接着，拿破仑带领他们回到粮仓，每只动物分到了双倍分量的玉米，每只狗分到两块饼干。接着，他们高唱《英格兰兽》，一连唱了七遍，然后安然入睡，似乎他们以前从没有好好睡过觉。

天亮时他们和往常一样醒来，突然记起已经发生的那件光荣事迹，一起冲进了牧场。在牧场不远的地方有一处土丘，俯瞰着整座农场。动物们冲到土丘顶上，在明媚的晨光中瞭望周围的景致。是的，一切都是他们的——他们所看到的一切都是他们的！他们兴高采烈地雀跃欢跳着，在晨露上打滚，畅快地啃食着甜美的夏草，踢起黑土，嗅闻着大地馥郁的气息。然后他们巡视整座农场，默默地赞美着耕地、草料场、果园、水塘和小树林。他们似乎从未见过这里的景致，即使到了现在，他们也不敢相信自己成为农场的主人了。

接着，他们列队回到农舍，走到农场主屋的门口时，他们停下了脚步。大家都沉默着。这座房子现在也是他们的了，但他们不敢走进去。过了一会儿，斯诺鲍和拿破仑用肩膀将门撞开，一只接一只，动物们小心翼翼地走进屋里，惟恐惊动到里面。他们踮着脚尖从一间房走到另一间房，只敢悄悄地耳语，敬畏地瞻仰着难以想象的奢华：铺着鹅毛垫子的床、镜子、马毛沙发和布鲁塞尔地毯、客厅壁炉上方的维多利亚女王肖像画。走下楼梯时他们发现莫莉不见了，于是折了回去，发现莫莉仍留在最舒适的卧室里。她从琼斯太太的梳妆台上拿了一条蓝色的缎带，正挂在肩膀上，对着镜子傻兮兮地搔首弄姿。大家严厉地斥责她，然后出去了。厨房里吊着的火腿肉被取下来准备埋掉，鲍克瑟一蹄子踢翻了碗碟洗涤间里的啤酒桶，屋子里的其他东西都原封不动。他们达成了一致共识，农场主屋将被保留为博物馆，大家都同意没有动物可以住进里面。

动物们吃完早饭后，斯诺鲍和拿破仑又把大家召集在一起。

"同志们，"斯诺鲍说道："现在是六点半，我们还有很多时间。今天我们将开始收割干草，但还有另一件事需要先解决。"

几头猪向大家透露，在过去的三个月里，他们自学成材，已经能读书写字。教材是一本旧单词拼写课本，原本是琼斯先生的孩子们的课本，后来被丢进了垃圾堆里。拿破仑命令其他动物搬来黑色和白色的油漆，带着大家走到通往大路的那道五栅大门。接着，斯诺鲍（他最擅长写字）用猪蹄的两趾夹起刷子，将大门顶部的"曼纳农场"几个字涂掉，再写上"动物农场"四个大字。从此，这将是农场的名字。然后他们回到农舍，斯诺鲍和拿破仑让其他动物搬来一架梯子，架在大谷仓的端壁上。他们解释说，经过三个月的研究，他们将动物主义的原则总结为"七诫"。这"七诫"将会书写在墙上，作为不可变更的律令，今后动物农场的所有成员都必须遵守。斯诺鲍艰难地爬上梯子（一头猪要在梯子上保持平衡可不容易），开始写字，斯奎拉在下面端着油漆桶。"七诫"用白色的油漆写在黑漆漆的沥青墙壁上，三十码外都可以看得很清楚，内容如下：

"七 诫"

一、所有两条腿走路的都是敌人。

二、所有四条腿走路，或有翅膀的都是友朋。

三、动物们不得穿衣。

四、动物们不得睡床。

五、动物们不得饮酒。

六、动物们不得互相残杀。

七、所有动物皆平等。

字写得很漂亮，除了"朋友"写成了"友朋"和一处笔划写反了之外，整篇"七诫"没有其他错别字。斯诺鲍大声地向其他动物朗读内容，大家都点头表示完全同意。聪明一些的动物立刻开始默记"七诫"。

斯诺鲍扔掉刷子："同志们，现在我们到草料场去！让我们光荣地证明，我们能比琼斯和他的帮工更快地收割好草料。"

不过这时那三头奶牛开始大声地叫唤起来，刚才她们看上去就不是很对劲，原来她们已经二十四小时没被挤过奶，乳房几乎快胀爆了。几头猪想了一下，让别的动物找来几个奶桶，然后成功地帮奶牛把奶挤了出来，他们的蹄子非常适合干挤奶的活儿。很快，五个奶桶里装满了泛着泡沫、黏稠滑腻的牛奶，许多动物看到了都垂涎三尺。

"这些牛奶该怎么处置？"有的动物问道。

"琼斯有时会往我们的饲料里掺一些牛奶。"一只母鸡说道。

"不要理会牛奶了，同志们！"拿破仑站在五个奶桶前面，"这个过后再说。收割工作更加要紧。斯诺鲍同志会带领你们，我随后就到。前进吧，同志们，干草在等着你们呢。"

　　于是动物们来到草料场开始收割干草，等到晚上他们回来时才发现，牛奶已经不见了。

三

　　动物们汗流浃背几经辛苦收割了干草！但他们的辛苦得到了回报，因为收成要比他们原先希望的多得多。

　　有时，工作确实很辛苦。那些工具都是为了人类，而不是为了动物而设计的，而且有的工具需要用后面两条腿站立才能使用，动物们根本用不了。但猪们很聪明，他们总能想出办法解决任何难题。而那几匹马熟悉每一寸土地，事实上，他们比琼斯和他的帮工更懂得耙地割草。猪们没有参与劳动，而是指导监督其他动物干活。他们这么聪明，理所应当承担起领袖的责任。鲍克瑟和克洛弗自己拉着割草机马耙（现在当然不用戴上缰绳），在地里踩着沉重的步伐一匝又一匝地走着，一只猪跟在他们身后，嘴里叫嚷着，"向前走，同志！"或"往后退，同志！"每一只动物都帮忙翻弄和收集干草，连鸭子们和母鸡们也整天在烈日下帮忙，嘴里叼着一小撮干草尽点心力。最后，他们比琼斯和他的帮工在的时候提前两天完成了收割工作。而且，这是农场历史上最大的丰收，根本没有浪费，因为母鸡们和鸭子们视力很敏锐，连最细小的草秆掉落都看得见。没有一只动物偷吃哪怕一口粮食。

整个夏天农场运作得像发条时钟一样有条不紊，动物们从未像现在这么开心过。每一口食物都那么甘甜，现在这些都是他们自己的食物，他们自食其力，而不是仰赖吝啬的主人施舍。没有了那些寄生虫一样的人类，每只动物的饲料都增加了，而闲暇的时间也多了，虽然他们还不大习惯这样的生活。他们遇到了许多困难——比方说，那一年稍晚一些时候收割谷物时，因为农场里没有打谷机，他们只能以古老的方式将谷糠踩掉，然后吹气将其吹走。但凭借着猪的智慧和鲍克瑟的力气，他们总是能克服难关。每只动物都十分钦佩鲍克瑟，琼斯在的时候他已经很努力地工作，而现在他一匹马就抵得上三匹马。有的时候，整座农场的工作似乎都落在他强健的肩膀上，从早到晚他不停地干活，干得总是最辛苦的工作。他和一只小公鸡约好了，每天早上比别的动物早一个小时叫醒他，在一天正式工作开始之前到最需要的岗位上义务劳动。无论遇到什么问题或挫折，他的回答总是："我要更加努力工作！"这句话成了他的座右铭。

但每一只动物都在尽自己的能力工作。比方说，母鸡们和鸭子们将散落的谷粒给收集起来，挽救了五蒲式耳的收成。没有动物偷吃，没有动物抱怨自己分配的份额，原本司空见惯的争吵、撕咬和妒忌的生活情景如今几乎绝迹了。没有动物逃避工作——几乎没有。的确，莫莉早上起不来，而且总是很早就放工，理由是她的蹄子里卡了一块石头。那只猫的行为有点古怪，很快大家就发现只要有活儿要干，她就不见了踪影。她会一连消失好几个小时，到了晚上下班或吃饭的时候又出现了，似乎什么事情也没有发生。但她总是有好借口，深情款款地喵喵喵叫唤着，很难怀疑她动机不纯。革命之后，那头驴子老本杰明似乎还是那副德性，总是倔强而慢悠悠地干着自己的活儿，似乎还生活在琼斯统治的时代，从不逃避工作，但也从不主动多干点活儿。他对起义及其结果不置可否。当有动物问他，琼斯被赶跑后他是不是更加幸福了，他只是回答："驴子的寿命很长，你们根本没见过一头死驴呢。"其他动物只能无奈地接受这个含糊的答案。

星期天不用工作。早饭比平时晚了一个小时，吃完早饭后会举行纪念仪式，每周如是，从未间断。首先是升旗仪式。斯诺鲍在鞍具房里找到琼斯太太的一块绿色旧桌布，用白色颜料在上面画了一个蹄子和一个角，每个星期天早上会在农舍菜园里的旗杆边上举行升旗仪式。斯诺鲍解释说，绿色的旗帜象征英格兰的绿色农田，而蹄子和角则代表了将来推翻人类后成立的动物共和国。升旗结束后，动物们来到大谷仓召开全体会议，名字就叫做"大会"。大会将制定下一周的工作，提出议案并进行讨论。提出议案的总是那几只猪，其他动物知道如何投票，但从来不知道该怎么提出自己的议案。斯诺鲍和拿破仑是讨论中最积极的成员。但大家发现，这两头猪永远无法达成共识：无论哪一方提出什么建议，另一方一定会提出反对意见。即使问题得到了解决——有的议题没有动物能提出反对意见；比如说，在果园后面开辟一小块牧场，供退休的动物居住——但在每种动物的退休年龄这一问题上却发生了激烈的争辩。大会总是在高唱《英格兰兽》中结束，下午则是休息和娱乐的时间。

那些猪将鞍具房设为自己的总部。每到晚上他们研究冶炼、木工和其他必要的技术，书是从农场主屋里面找到的。斯诺鲍还将其他动物组织到他称之为"动物委员会"的各类机构。他乐此不疲，为母鸡们组织了"下蛋委员会"，为奶牛们组织了"干净尾巴联盟"，创立了"野生同志再教育委员会"（这个机构的目的是驯服老鼠和野兔），为绵羊们组织了"羊毛更洁白运动"，以及许多其他机构，还创建了读书写字班。大体上这些计划都行不通。比方说，试图驯服野生动物的尝试很快就以失败告终。那些野生动物还是一如既往，当被示以善意时，只会从中捞点好处。那只猫加入了"再教育委员会"，有一段时间非常活跃。有一天，其他动物看到她坐在屋顶上，和几只麻雀在说话，麻雀们离她远远地。她告诉麻雀们，所有的动物现在都是同志，她欢迎麻雀到她的爪子上栖息，但麻雀们警惕地保持着距离。

不过，读书写字班倒是办得很成功。到了秋天，几乎每一只动物都粗通文墨了。

至于那几头猪，他们已经通晓语言，几只狗都学会了阅读，但除了"七诫"之外对其他内容根本不感兴趣。山羊穆丽尔读得比狗还好，晚上有时会从垃圾堆里找来报纸，读给其他动物听。本杰明读得不比任何猪差，但从不运用自己的本领。据他所说，他觉得没有什么内容值得阅读。克洛弗学会了全部字母，但拼不出单词。鲍克瑟学到字母 D 就学不下去了。他会用巨大的马蹄在泥土里写出 A、B、C、D，然后竖着耳朵端详着这几个字母，有时会晃一下额头上的毛发，冥思苦想下一个字母是什么，但怎么也想不起来。事实上，有好几次，他学会了 E、F、G、H，但当他学会了这几个字母时，A、B、C、D 又给忘记了。最后，他决定能掌握前四个字母就心满意足了，每天会书写一到两次，以免遗忘。莫莉只肯学拼写自己名字的那几个字母，用小树枝摆得很漂亮，还装饰了一两朵小花，然后绕着这几个字母啧啧赞赏。

农场里的其他动物只能学会字母 A，那些比较笨的动物，比如绵羊、母鸡和鸭子，连"七诫"都记不住。斯诺鲍绞尽脑汁，最后宣布"七诫"可以被简单化为一条至理名言："四条腿好，两条腿不好。"他说这句话凝聚了动物主义的根本原则，只要理解这句话，就可以免受人类的影响。禽类动物首先提出反对，他们觉得自己也是两条腿的动物，但斯诺鲍告诉它们事实并非如此。

他说："同志们，鸟的翅膀是提供推动力的器官，而不是用来摆弄东西的，因此翅膀就像两条腿一样。人的特征是他们有手，他们用手干尽了坏事。"

其实家禽们不理解斯诺鲍的长篇大论，但他们接受了他的解释。那些愚笨的动物开始默记新的格言。"四条腿好，两条腿不好"被写在了谷仓端壁"七诫"的上面，字体更大。绵羊们记住了这句名言，对其非常欣赏，经常躺在田里咩咩地叫着"四条腿好，两条腿不好！四条腿好，两条腿不好！"他们可以一连几个小时乐此不疲地叫个不停。

拿破仑对斯诺鲍的委员会不感兴趣。他说教育下一代比教育已经长大的动物更重要。刚好，收割完干草后，杰西和布鲁贝尔同时临产，生了九只健壮的小狗。他们一断奶拿破仑就将他们从妈妈身边带走，理由是他会负责他们的教育。他把小狗们带到鞍具房的阁楼上，只有用梯子才能上去。几只小狗被隔离了起来，很快其他动物就忘记了他们的存在。

牛奶的失踪疑团很快解开了。每天，猪的饲料里都会掺点牛奶。最早一批苹果开始熟了，果园的草地上点缀着被风吹落的果实。动物们都理所当然地认为这些苹果会被公平地分配给大家。但是，有一天，一道命令宣布，所有的苹果将被统一收集后放到鞍具房供猪们享用。有的动物对这件事议论纷纷，但并没有用。所有的猪都同意这么做，连斯诺鲍与拿破仑也没有争吵。他们派斯奎拉向其他动物解释。

"同志们！"他高喊道，"我希望你们不会认为我们猪这么做是出于自私，或是在享受特权。其实，我们很多猪并不喜欢喝牛奶或吃苹果。我自己就不喜欢。我们要这些东西，纯粹是为了保持身体健康。牛奶和苹果（同志们，这是经过科学证实的）含有对猪的健康非常重要的营养成分。我们猪是脑力劳动者，这座农场所有的管理和组织都维系在我们身上。我们日日夜夜关心着你们的福祉，为了你们我们才喝那些牛奶，吃那些苹果。如果我们没办法做好工作，你们知不知道会发生什么事情？琼斯会卷土重来！是的，琼斯会杀回来！这是千真万确的，同志们！"斯奎拉以近乎恳求的语气叫嚷着，上蹿下跳摇晃着尾巴，"难道你们希望看到琼斯回来吗？"

如果说有一件事全体动物都毫无异议，那就是：他们不希望琼斯回来。一旦这一点被挑明，他们便无话可说了。让那几头猪保持健康实在是太重要了，因此，大家不再有任何意见，牛奶和风吹落的苹果（包括苹果成熟后的收成）都应该专门留给猪们享用。

四

到了夏末，动物农场发生的事情传遍了半个英国。每天斯诺鲍和拿破仑都会派出信鸽，他们的任务是飞到别的农场，向那里的动物宣传起义的事迹，并教会他们唱《英格兰兽》这首歌。

大部分时间琼斯先生在威灵顿的红狮酒吧里呆坐着，向别人抱怨他所遭遇的不幸，居然被一群一无是处的动物逐出了自己的地产。其他农场主都很同情他，但起初他们并没有伸出援手。每个人都悄悄地盘算着能否从琼斯的不幸中捞点好处。幸运的是，毗邻动物农场的另外两座农场关系一直不是很好。其中一座名叫福克斯伍德农场，地方很大，但几乎没人料理，经营的方式也很落后，长满了荒林，牧场的肥力都耗尽了，篱笆也都破破烂烂的。农场主皮尔金顿是个随和的绅士，大部分时间都在钓鱼，或随季节变化进行狩猎。另外一座名叫平切菲尔德农场，面积比较小，但打理得好一些。农场主弗莱德里克是个精明能干的人，总是和别人打官司，锱铢必较是出了名的。这两人都不喜欢对方，任何事情都无法达成一致意见，即使事关捍卫自己的利益。

但是，这两人都被动物农场的起义吓坏了，很担心自家农场里的动物会有样学样。一开始，他们口不对心地嘲笑说，动物根本不可能自己管理好农场，他们说不到半个月事情就会结束，还断言曼纳农场（他们坚持用"曼纳农场"这个名字，坚决不叫它"动物农场"）会起内讧，而且很快就会爆发饥荒。半个月过去了，动物们显然并没有饿死。弗莱德里克和皮尔金顿又换了口风，开始攻讦动物农场里盛行种种恶行。他们说那些动物同类相食，用烙红的马蹄铁虐待对方，还实行共妻主义。两人都说这就是动物起义的结果，完全有悖自然法则。

但是，没有人相信他们所说的话。大家都在讨论一座神奇的农场，人类被赶跑了，动物们实现了自治。消息越传越开，众说纷纭，那一年在乡村地区爆发了一波起义。原本很温顺的公牛们变得狂暴难驯；绵羊们冲破篱笆，吃光了苜蓿；奶牛们踢翻奶桶；专门用来狩猎的马们也不肯乖乖地跳过障碍，反而将骑师们甩到地上。更要命的是，《英格兰兽》的旋律和歌词传播如此迅速，已经变得家喻户晓。听到这首歌的时候，人类怒不可遏，但他们假装认为这只是一出闹剧。他们说想不通动物们为什么愿意唱这么一首蹩脚可耻的歌曲。任何动物如果被发现唱这首歌，会当场被打一顿板子。但是，这首歌还是传开了。画眉鸟在树篱上啾啾啾地歌唱，鸽子们在榆树上咕咕咕地歌唱，连铁匠们叮叮当当的打铁声和教堂的钟声也被这首歌所感染。听到这首歌时人类不由得暗自浑身战栗，从中听到了他们即将步入毁灭的预言。

十月初，玉米收割完堆放好了，有一些已经脱了粒。一排鸽子在空中盘旋着，飞落在动物农场的院子里，看上去十分激动。琼斯和他的帮工们，连同来自福克斯伍德农场和平切菲尔德农场的几个人已经冲破了五栅大门，正沿着马车小路朝农场攻来。他们都拿着棍棒，而琼斯走在前面，手里端着一把枪。显然，他们试图夺回农场。

动物们一早就预料到这种事会发生，做好了迎战准备。斯诺鲍曾在农场主屋里找到一本旧书，内容是关于尤利乌斯·恺撒大帝①的著名战役，他进行了研究，负责此次保卫战的指挥。他立刻下达命令，几分钟后，所有的动物都准备就绪。

① 尤利乌斯·恺撒大帝(Julius Caesar，公元前 100 年至公元前 44 年)，古罗马政治家及军事家，奉行独裁，促使古罗马共和国转变为古罗马帝国，后遇刺身亡。

那几个人冲进农舍时，斯诺鲍发动了第一波进攻。所有的鸽子，大约有三十五只，在他们的头上盘旋，朝他们拉屎。乘着他们忙于应付鸟屎时，一群躲在篱笆后面的鹅冲了出来，恶狠狠地啄着他们的脚腓。但是，这只是前哨战，目的是制造一点小混乱。几个人轻松地用棍棒将鹅们赶跑。斯诺鲍发动了第二波攻势。穆丽尔、本杰明和所有的绵羊在斯诺鲍的带领下，冲上前线，从四面八方撞击踢打人类。本杰明调转身子，用小驴蹄踢着他们。但人类的棍棒和平头钉靴子实在是太强大了，斯诺鲍突然一声尖叫，这是撤退的信号，所有动物转身逃离，沿着小路撤到院子里。

那几个人胜利地欢呼着，和他们所想象的一样，敌兽们望风而逃了，他们乘胜追击，但阵势大乱，正中斯诺鲍的下怀。当几个人来到院子里时，原先躲在暗处的三匹马、三头奶牛和其他猪突然从后面包抄，切断了他们的退路。斯诺鲍发出进攻的信号，自己一猪当先冲向琼斯。琼斯看到斯诺鲍朝他冲来，举起手中的枪开火了。子弹擦伤了斯诺鲍的脊背，留下几道血痕，一只绵羊倒地而亡。斯诺鲍没有停步，十五石①的身躯撞向琼斯的脚。琼斯跟跄几步跌在一堆粪便

_____

① 石（stone），英国重量单位，合 14 英磅。

上，枪也丢掉了。最英勇的动物是鲍克瑟，他以后腿站立，像神骏的千里马一样用硕大的马蹄铁朝敌人攻击。第一击踢中了来自福克斯伍德农场的马夫的头，他软趴趴地倒在泥地上。看到这一幕，几个人丢下棍棒，没命地逃跑。他们惊恐不已，所有的动物绕着院子穷追不舍。他们被踢咬踩踏，每只动物都不愿意错过这个报复的好机会，连那只猫也突然从屋顶跳下来，搭在一个挤奶工的肩膀上，用爪子抓伤他的脖子，他疼得没命地叫嚷着。看到大门处没有动物阻拦，他们逃出院子，径直奔大路而去。入侵只维持了五分钟，他们就可耻地顺着原路逃之夭夭，一群鹅在后面一路尖叫着啄啃他们的脚腓。

只剩下一个人没能逃跑。鲍克瑟用马蹄扒拉着那个脸朝下倒在泥地上的马夫，想把他翻过来，但他一动不动。

"他死了。"鲍克瑟难过地说道，"我原本不想杀害他的。我忘记自己穿着马蹄铁，谁会相信我真的不是故意杀害他呢？"

"别这么多愁善感，同志。"斯诺鲍说道，他的伤口还在滴血。"战争就是这样，只有死了的人才是好人。"

"我不想伤害生命，即使是人类的生命。"鲍克瑟重复了好几遍，眼里饱含着泪水。

"莫莉哪儿去了？"有的动物叫嚷着。

莫莉的确不见了。大家都很紧张，担心那些人伤害了莫莉，甚至将她劫持走了。最后，他们找到了莫莉。枪声一响她就吓得仓皇而逃，躲在自己的马厩里，把头埋在干草堆里。找到莫莉后大家回到院子里，那个马夫只是晕倒了，已经醒过来逃跑了。

动物们欣喜若狂地聚集在一起，大家都扯着嗓门诉说自己在战斗中的英勇事迹。他们立刻自发举行庆祝，升起了旗帜，高唱了几遍《英格兰兽》。接着，他们为那头被杀的绵羊举行了庄严的葬礼，在她的坟墓上种了一丛山楂。斯诺鲍在坟墓边发表了简短的演说，强调如有必要，所有动物都应该为了动物农场做好牺牲的准备。

全体动物一致同意创建军功表彰系统，当场授予斯诺鲍和鲍克瑟"一级动物英雄"称号。勋章是黄铜做的（实际上，这些是在鞍具房里面找到的旧马饰），在星期天和节假日可以佩戴。那头死去的绵羊被追授"二级动物英雄"称号和勋章。

关于该如何称呼这场战役，动物们意见纷纷。最后，这场战役被命名为"牛棚战役"，因为牛棚是安设埋伏的地方。他们发现琼斯先生的枪被丢在泥地上，而农场主屋里有子弹，于是他们决定把枪竖在旗杆下面，类似一门大炮，每年鸣枪两回——一次在十月十二号，纪念"牛棚战役"，另一次在仲夏节，纪念动物起义。

五

冬天将近，莫莉变得越来越麻烦。每天早上干活时她都迟到，理由是睡过头了。她总是抱怨有无名肿痛，胃口却很好。她总是找出种种借口离开工作岗位，来到饮水的小池边，傻兮兮地站在那儿端详自己在水里的倒影。但是，有谣言说其实有更严重的事情发生。一天，莫莉轻快地踱着步走进院子里，甩着长长的尾巴，咀嚼着一束干草。克洛弗将她拉到一边。

"莫莉，"她说道，"我有很严肃的事情要跟你说。今天早上我看到你朝篱笆那边的福克斯伍德农场张望。皮尔金顿先生的一个帮工就站在篱笆的另一头。虽然我站在远处，但我可以肯定自己亲眼看到了这一幕——他在对你说话，你还让他碰了碰鼻子。这到底是怎么回事，莫莉？"

"才没有呢！才没有呢！根本没有这回事！"莫莉叫嚷着，开始用蹄子刨着泥土。

"莫莉！看着我的脸。你敢对着我发誓说那个人没有碰你的鼻子吗？"

"根本没有这回事！"莫莉重复着这句话，但她不敢看克洛弗的脸，接着她撒开脚丫跑到田里去了。

克洛弗突然想起了一件事。她没有对别的动物透露任何口风，自己来到莫莉的马厩，用蹄子扒拉着干草堆，发现下面藏着一小堆方糖和几根颜色各异的缎带。

三天后，莫莉失踪了。几个星期来没有动物知道她的下落，后来鸽子们报告说，他们在威灵顿那边见到了她，就站在酒吧外面一辆红黑色两轮小马车的车辕中间。一个臃肿的红脸男子身穿马裤，扎着绑腿，看上去好像是酒吧的老板，正抚弄着她的鼻子，喂她吃方糖。她的毛发刚刚修剪过，前额的毛发上戴着一根深红色的缎带。据鸽子们说，她看上去很开心。从此，其他动物再也没有提起莫莉这个名字。

一月份的时候天气变得格外恶劣。大地被冻得像铁板一样硬，田里面根本干不了活儿。大谷仓里召开了许多次会议，那些猪忙着为春天制订工作计划。大家都同意由猪全权负责农场的事务，因为他们要比其他动物更聪明，但他们的决定必须取得多数赞成票后才能获批。这本来是很合理的制度，但斯诺鲍和拿破仑总是争执不休。这两头猪只要有机会就会互相拆台。如果一方建议要扩大耕种大麦的面积，另一方就会建议扩大耕种燕麦的面积。如果一方说"如此这般这般就能种好卷心菜"，另一方会说"这样做根本没用，应该种块茎作物"。斯诺鲍和拿破仑各有自己的拥戴者，总是展开激烈的争辩。开会的时候斯诺鲍总是能获得多数票的支持，因为他更加能言善辩，但拿破仑更擅长于在休会的时候为自己赢得支持，而且获得了绵羊们的衷心拥戴。最近绵羊们总是咩咩咩地唱着"四条腿好，两条腿不好"，一直唱个没完，还总是打断会议。大家注意到，当斯诺鲍的发言到了关键的时候，他们就会开始叫嚷着"四条腿好，两条腿不好"。斯诺鲍研究了几本过期的《农夫与牧人》杂志（都是在农场主屋里找到的），现在满肚子都是创新和改造计划。他的谈吐很博学，大谈农田水利、青贮饲料和碱性炉渣，设计出一套复杂的计划，让所有的动物每天到田里不同的地方拉屎，这样可以节约几趟拉粪车的劳力。拿破仑自己提不出任何计划，却平静地说斯诺鲍的计划根本行不通，而且，他似乎在等待时机。在他们的种种矛盾中，最激烈的莫过于关于风车的争端。

在离农场主屋不远处的长方形牧场那边有一座小山丘，是农场的最高位置。勘测完地势后，斯诺鲍宣布这里是建造风车的最佳地点，风车可以带动发电机，给农场供电。有了电就可以给畜栏照明，冬天可以取暖，还可以带动圆锯、铡草机、饲料切片机和电动挤奶机。这些事情其他动物根本闻所未闻（因为这座农场很落后，只有最原始的工具），他们惊奇地倾听着斯诺鲍描述种种神奇的机器，那些机器将代替动物们进行劳动，而他们可以悠哉游哉地在田里吃草，通过读书谈话提高智慧。

几周内，斯诺鲍的风车计划就草拟完毕了。机械上的细节大部分来自于琼斯先生的三本书——《家居一千种有用的工具》、《自己砌砖不求人》和《电工入门》。斯诺鲍将自己的书房设在一间小棚屋里，这里原本是孵蛋的地方，有一片光滑的木地板可以在上面画画。他会一连几个小时呆在那里，用石头压着摊开的书，用蹄子夹着一根粉笔，飞快地走来走去，纵横交错地画着线条，兴奋地哼哼唧唧。渐渐地，蓝图越来越复杂，画满了曲柄和齿轮，覆盖了半片地板的面积。其他动物完全看不懂画的是什么，但他们都觉得很了不起。他们每天至少参观一次斯诺鲍的画作，连母鸡们和鸭子们也来了，他们小心翼翼的，惟恐踩到粉笔的画痕。只有拿破仑对此不屑一顾。从一开始他就宣布反对风车计划。不过，有一天他成为参观蓝图的不速之客。他脚步沉重地绕着屋子，端详着蓝图的每一个细节，偶尔在上面嗅闻一下，接着站在那儿乜斜着眼睛打量着蓝图。突然他抬起一只脚，在蓝图上撒了泡尿，什么也没说就出去了。

在风车计划这个问题上整座农场陷入了分裂。斯诺鲍没有否认建造风车不是一件容易的事情。他们必须收集石头，砌成墙壁，然后制造叶片，还得有发电机和电缆。（斯诺鲍没有说明怎么弄到这些东西。）但他坚持说风车将在一年内竣工。他宣称，之后风车将节约许多劳力，动物们每星期只需要工作三天。另一方面，拿破仑反对说，眼下的当务之急是增加粮食产量，如果他们把时间浪费在建造风车上，大家都会饿死。动物们分成了两派，一派的口号是"投票支持斯诺鲍，三天工作就是好"，另一派的口号是"投票支持拿破仑，饲料将会堆满仓"。本杰明是唯一不介入哪一个派系的动物。他既不相信食物会更加充裕，也不相信风车可以节约劳力。他说，无论有没有风车，生活都得继续，一向都是如此——如此糟糕。

除了关于风车的争执外，还有保卫农场的问题。大家都知道，虽然在牛棚战役中人类遭遇了失败，但他们还会卷土重来，为夺回农场进行更疯狂的反扑，妄图由琼斯继续统治。他们迫切需要这么做，因为他们失利的消息传遍了整个郊区，附近几座农场的动物比以往更加躁动不安。拿破仑和斯诺鲍一如既往地争执不休。按照拿破仑的意见,动物们必须夺取武器,进行训练,学会使用这些武器。而斯诺鲍则认为,他们必须派出更多的信鸽,发动其他农场的动物进行起义。一方的理由是,如果他们不能保卫自己,他们将被人类征服;另一方争辩说,如果起义在各个地方爆发的话,他们根本没有必要保卫自己。动物们先听了拿破仑的说法,又听了斯诺鲍的说法,不知道到底谁说的有道理。事实上,他们发现,只要一方在发言,他们就会表示赞同。

最后,斯诺鲍的蓝图终于完成了。在接下来那个星期天的大会上,到底要不要开始动工修建风车的问题将通过投票定夺。动物们在大谷仓里集合。斯诺鲍起立发言,虽然时不时被绵羊们咩咩咩的叫声打断,他还是列举了修建风车的理由。接着,拿破仑起身作出回应。他平静地说,风车计划荒唐无稽,他建议大家不要投票支持,随即重新就座,整个过程不到三十秒钟,似乎对自己发言的效果毫不在乎。这时斯诺鲍跳了起来,绵羊们又开始咩咩叫。他大声喝止他们,然后开始慷慨激昂地发表推行风车计划的演讲。动物们原本平均地分为两派,但斯诺鲍的雄辩深深地吸引了他们。他绘声绘色地勾勒着动物农场未来的景象,那时候所有的动物都无须再从事劳动。他的想象力远远超出了铡草机和萝卜切片机。他说，电力将带动打谷机，可以耕地、耙地、压地，还能用来收割捆扎庄稼；而且，每个畜栏将安设电灯，有冷水热水和电暖炉。当他发言完毕时，投票的结果已经基本确定了。就在这时，拿破仑站了起来，乜斜着眼睛古怪地盯着斯诺鲍，发出一声动物们闻所未闻的尖叫。

尖叫声一过，外面传来可怕的狗吠声。九只体形庞大脖子上戴着铜钉颈圈的恶狗冲进了谷仓，径直朝斯诺鲍扑去，他从座位上跳起来，那几只狗的森森白牙差一点就咬到了他。他从谷仓的大门逃了出去，几只狗紧追其后。全体动物吓得说不出话来，蜂拥着挤出大门，争相目睹这场追逐。斯诺鲍跑过通往大路的长方形牧场，没有哪只猪能跑得比他快，但那几只狗紧紧跟在后面。突然他脚底一滑，似乎就要被那几只狗逮到了，但他又蹦了起来，跑得更快了，但那几只狗又赶上了他，其中一只狗咬住了他的尾巴，但他将尾巴挣脱开来。接着，他狂奔一气，钻过篱笆上的一个窟窿（差几英寸就会被狗逮到），一溜烟消失得无影无踪。

动物们吓得魂飞魄散默不作声，悄悄溜回了谷仓里。不一会儿那几只狗也回到谷仓。刚开始时没有动物知道这几只狗是从哪儿来的，但很快疑团就解开了：他们就是拿破仑从母狗那里抱走，自己私下抚养的狗崽。虽然他们还没有完全发育，但个个体格壮硕，像狼一样凶狠。大家发现他们挨在拿破仑身边，朝他摇晃着尾巴，就像以前其他狗朝琼斯先生摇晃着尾巴一样。

拿破仑登上以前老少校发表演说的平台，身后跟着那几只狗。他宣布从今以后星期天上午的大会将不再举行。他说没有必要再召开大会，这纯粹是浪费时间。以后，关于如何经营农场的所有问题将由猪组成的特别委员会决定，而他则是特别委员会的主席。他们将私底下举行会议，并将决定传达给其他动物。星期天上午动物们仍将举行升旗仪式，高唱《英格兰兽》这首歌，并接受下星期的工作命令，不再进行辩论表决。

虽然驱逐斯诺鲍的行动仍令动物们惊魂未定，但他们对这则宣言很不满。有几只动物想提出抗议，却苦于无法组织好语言。连鲍克瑟也觉得很困惑。他竖起耳朵，晃了晃前额上的毛发，想整理一下思绪，但最后还是不知道该说什么好。不过，有几只猪更加能言善辩，前排四头年轻的肉猪尖叫着提出反对意见。他们一起跳了起来，同时开口发言。但蹲坐在拿破仑身边的那几只狗突然发出低沉的恶吼，那几只猪立刻闭嘴坐了下去。接着，绵羊们开始大声地咩咩叫着："四条腿好，两条腿不好！"一直持续了将近十五分钟，议论也就到此结束。

后来，斯奎拉受命向其他动物解释新的安排。

"同志们，"他说道，"我相信大家都能理解拿破仑同志所作出的牺牲，他将独力扛起这份额外的辛劳。同志们，不要以为当领导是件美差！恰好相反，这份责任既深沉又艰辛。没有哪个动物比拿破仑同志更加坚信所有动物皆平等。他很乐意让你们为自己制定决议，但有时候你们可能会犯下错误，同志们。那时候我们该怎么办？假如你们决定听从斯诺鲍的意见，修建那座根本不靠谱的风车——我们现在都知道，斯诺鲍其实是一个罪犯——那时候我们该怎么办？"

"在牛棚战役里他的表现很勇敢。"有的动物说道。

"光有匹夫之勇可不行。"斯奎拉说道，"忠诚和服从更加重要。关于牛棚战役这件事，我相信以后我们将会知道斯诺鲍的贡献其实被大大高估了。纪律，同志们，铁一般的纪律！这就是现在我们的口号。只要我们稍有差池，敌人就会战胜我们。是的，同志们，你们希望琼斯回来吗？"

这句话再一次让动物们哑口无言。他们可不想让琼斯回来，如果在星期天上午举行辩论会让琼斯回来的话，辩论就必须停止。现在有了充裕的时间考虑，鲍克瑟说出了大家的心声："拿破仑同志所说的话一定是正确的。"从此，他坚信这么一句格言——"拿破仑总是正确的。"他还有一句鞭策自己的座右铭:"我要更加努力工作。"

天气渐渐转晴,春耕开始了。斯诺鲍用于草拟风车蓝图的小棚屋被锁上了,大家都猜想地板上的蓝图一定被擦掉了。每个星期天上午十点钟的时候,动物们在大谷仓里集合,接受工作命令。它们从果园里挖出了老少校的头骨,上面的皮肉已经被腐蚀殆尽。头骨被摆放在旗杆下面那支枪旁边的土丘上。在升旗仪式过后,动物们先列队瞻仰头骨,然后才能进谷仓。如今他们不再像以前一样坐在一起。拿破仑、斯奎拉和另外一只名叫米尼姆斯的猪坐在平台的前排,米尼姆斯擅长写歌作曲。那九只大狗在他们身旁排成半圆形,其他猪坐在后面。其他动物坐在大谷仓里,面对着他们。拿破仑哑声哑气地以军人的姿态朗读完工作安排,然后大家唱一遍《英格兰兽》,接着全体解散。

斯诺鲍被驱逐出境后的第三个星期天,动物们惊讶地听到拿破仑宣布风车还是要建的。他没有解释为什么会改变主意,但他告诉大家,这个任务会特别辛苦,如有必要的话将减少饲料配给。修建风车的计划非常详尽,由几头猪组成的特别委员会过去三个星期来一直在进行设计,作出了许多改进。风车预计得花两年时间才能修好。

当晚斯奎拉私底下向其他动物解释，其实拿破仑一直并不是真心反对修建风车。事实上，从一开始就是他提出了这个方案，而斯诺鲍在孵蛋室的地板上所画的那份蓝图其实是剽窃了拿破仑的想法。事实上，那是拿破仑的心血结晶。有的动物问，为什么当初他会那么强烈地反对？斯奎拉神情狡猾地说，这是拿破仑同志的谋略。表面上他反对修建风车，其实这是铲除斯诺鲍的手段，斯诺鲍是个危险角色，而且影响非常恶劣。现在，斯诺鲍已经被逐出农场，没有了这只害群之猪，计划将开始进行。斯奎拉说，这就叫谋略。他重复了好几遍："谋略，同志们，谋略！"他跳来跳去，摇晃着尾巴，爽朗地大笑着。动物们不懂"谋略"这个词的含义，但斯奎拉的话那么有说服力，和他在一起的那三只狗又在凶狠地咆哮着，于是他们接受了斯奎拉的解释，没有提出任何问题。

六

那一年，动物们像奴隶一样工作，但他们很开心，从不抱怨辛苦或牺牲，因为他们知道他们所做的一切都是为了自己和后代的利益，而不是为了那些既懒惰又贪婪的人类。

整个春天和夏天他们每周工作六十个小时。八月份的时候，拿破仑宣布星期天下午也得工作。严格来说，工作是出于自愿的，但任何缺席劳动的动物，其饲料的供给将会减半。即使是这样，有好些工作还是没有完成。收割工作没有去年干得好；有两块田原本应该在初夏就耕好地，准备用来种块茎作物，但一直没有播种，因为耕地工作没能及早完成。这个冬天将会非常难熬。

修建风车遇到了意外的困难。农场里有上好的石灰岩矿，外围一间农舍里有充足的沙和水泥，所有建筑材料都已准备就绪。但动物们首先面临的难题是：怎么把石头打碎成大小适中的石块。除了用凿子和撬棒外似乎别无他法，但动物们根本用不了这些工具，因为他们没办法单用后腿站立。

经过几星期白费劲的尝试后，动物们想出了一个好办法——利用重力。采石场的周围散布着体积太大派不上用场的大石头，动物们用绳子套着这些石头，然后齐心协力，奶牛、马匹、绵羊、所有能拉住绳子的动物——在最关键的时候甚至连猪也会上前帮忙——慢悠悠地把石头拉上采石场的坡顶，然后从上面推下去，滚到下面摔成碎片。运送碎石相对要轻松一些。两匹马用马车拉，绵羊们帮忙拉一两块，连穆丽尔和本杰明也会合作拉一辆小马车，尽一点力。到了夏末，它们攒足了石头，开始在猪的监督下修建风车。

但那是缓慢而辛苦的过程。很多时候单单把一块石头搬到采石场的坡顶就得花上整整一天的时间。有时，石头被推了下去，却没有撞碎。如果没有鲍克瑟的话，估计什么也办不成——他一匹马的力气几乎相当于所有其他动物力气的总和。有时候大石头会往下滑，大家也被拉着往山下滚，个个都吓得绝望地尖叫起来。这时总是鲍克瑟单枪匹马拉紧绳子，把大石头给拉住。看着他一寸一寸地拉着石头往上挪，呼吸变得非常急促，踮着马蹄慢慢地挪着脚步，壮健的身躯沁满了汗水，每一只动物都会油然心生钦佩之情。有时克洛弗会警告他要小心，不要过度疲劳，但鲍克瑟浑不为意。他的两句口号"我要更加努力工作"和"拿破仑总是正确的"

似乎为他提供了一切难题的答案。他让小公鸡每天提早四十五分钟叫醒他，而不是提前半小时。虽然现在放假的日子不多了，但在闲暇的时候，他还是会自己跑到采石场，收集一车碎石，在没有别的动物帮忙的情况下拉到修建风车的地方。

虽然工作很辛苦，那个夏天动物们生活得还可以。虽然食物不比琼斯在的时候多，但起码也不比那时候少。现在他们自食其力，不需要养活五个吃喝无度的人类，这本身就足以弥补许多其他方面的不足。而且，动物们的许多劳动方式更加省时省力。比方说除草吧，他们可以把杂草处理得干干净净，而人类根本做不到。此外，现在没有动物会偷吃东西，也就没有必要在耕地周围树立篱笆和出入门，节约了许多劳动。但是，随着夏天渐渐过去，物资短缺的问题逐渐暴露出来。他们需要石蜡油、铁钉、绳索、狗饼干和马蹄铁，农场无法生产这些东西。后来，他们发现还需要种子、化肥和其他工具，而且修建风车需要机器。该怎么获得这些物资，没有动物能想出答案。

一个星期天上午，动物们集合接受工作命令，拿破仑宣布他决定实施新的政策。从现在开始，动物农场将和附近的农场进行贸易：当然不是为了追求利润，而是为了获得迫切需要的物资。他表示修建风车的计划是重中之重，因此他准备卖掉一垛干草和一部分那一年收割的小麦。如果以后还需要用钱的话，将通过卖鸡蛋筹款，威灵顿那边对鸡蛋的需求很大。拿破仑表示，母鸡们应该以自己的方式为风车的修建作出贡献和牺牲。

动物们再一次觉得很不安。"绝不与人类打交道，绝不从事贸易，绝不使用金钱"——这些难道不是当初赶跑琼斯后召开第一次胜利大会时通过的决议吗？全体动物都记得会议通过了这些决议，或者说，至少他们以为自己记得。那四只曾在拿破仑取缔大会时提出抗议的小猪怯生生地略微抬高了嗓门，但一听到那几只狗凶恶的吠声他们就立刻安静下来。接着，和往常一样，绵羊们开始咩咩咩地叫着"四条腿好，两条腿不好！"那片刻的不安很快就平息下来。最后，拿破仑举起猪蹄示意安静，宣布他已经一切安排就绪。其他动物无须和人类进行接触，因为他们根本不想这么做。他决定一力承担这个重大的责任。一个叫温帕先生的人，他是威灵顿的一个律师，将担任动物农场和外面世界的经纪，每星期一上午会来农场接受指示。最后，拿破仑和往常一样高喊着"动物农场万岁！"结束了发言，接着，唱完《英格兰兽》之后，动物们就地解散。

然后，斯奎拉巡视了整个农场，安抚动物们的情绪。他再三向他们重申根本没有通过禁止从事贸易和接触金钱的决议这回事，连提都没有提过。这只是他们的想象，或许是斯诺鲍当初散布的谣言。有几只动物仍然觉得很困惑不解，但斯奎拉狡黠地反问他们："你们确定这不是你们自己的幻觉吗，同志们？你们有这么一个决议的记录吗？这些有文字记录吗？"的确，这些根本没有文字记录，动物们确信是他们自己搞错了。

一如计划的安排，每逢星期一温帕先生会来动物农场。他个头矮小，蓄着连鬓胡须，样子很狡猾，身为律师，业务量却很少，不过人倒是很聪明，比任何人都早一步意识到动物农场需要一位经纪，而佣金收入也不会低。动物们惊恐地看着他来，看着他走，尽可能避免和他接触。不过，看着四条腿走路的拿破仑向两条腿走路的温帕发号施令，动物们不禁觉得很自豪，这也部分消除了他们对新政的反感。现在他们和人类的关系和从前可大不一样了。动物农场的兴旺发达并没有解除人类对它的仇恨，恰恰相反，他们比以往更加仇视动物农场。每个人都坚信动物农场迟早会破产垮台，而修建风车的计划一定会以失败告终。他们在酒吧里碰面，画了一幅又一幅草图证明风车会倒塌，就算它不会倒塌也根本运作不了。不过，事与愿违，他们不得不佩服动物们自治的能力。而他们心生佩服的表现就是，他们开始称呼它为"动物农场"，而不再沿用"曼纳农场"这个旧称。他们不再支持琼斯，而他也放弃了夺回农场的念头，跑到郊区另一处地方的角落里过日子去了。虽然除了温帕之外，动物农场与外面的世界没有联系，但谣言还是传个不停，说拿破仑要么将和福克斯伍德农场的皮尔金顿先生，要么将和平切菲尔德农场的弗莱德里克先生签订贸易协议——但消息说，他不会同时和两家农场做生意。

　　就在这时，猪们突然搬进了农场主屋里面，开始在那里居住。再一次，动物们似乎都记得以前曾通过一项决议，反对动物进主屋居住，而斯奎拉也再一次说服他们根本没有这回事。他说，猪们担负着农场的脑力劳动，他们必须有安静的地方工作。而且，住在房子里要比住在猪圈更能衬托领袖的威严（最近他称呼拿破仑时总会加上"领袖"这个头衔）。尽管如此，当听说猪们不仅在厨房里用餐，在客厅里消遣，而且还上床睡觉时，有的动物还是觉得很反感。和往常一样，鲍克瑟只是说"拿破仑总是正确的"，然后就让事情过去了，但克洛弗觉得自己记得很清楚，有这么一条决议反对动物们在床上睡觉。她跑到谷仓的尽头，努力想拼出"七诚"上面到底写了些什么。但她只能认得出零散的字母，于是她找来穆丽尔。

"穆丽尔，"她说道，"帮我读一下第四诚。它是不是说，不能在床上睡觉什么的？"

几经努力穆丽尔拼出了上面的字。

最后她说道："上面说，'动物们不得睡床盖被'。"

克洛弗觉得很奇怪，她不记得第四诚提到过"盖被"，但"盖被"这两个字就写在墙上，一定就是这样子了。这时斯奎拉刚好带着两三只狗经过，于是将这件事向他们解释清楚。

"你们都听说了吧，同志们，"他说道，"我们猪现在会在农场主屋的床上睡觉。为什么不睡呢？你们不会以为有这么一条戒律不准睡床吧？床只是睡觉的地方。严格来说，畜栏里铺上一层干草就算是一张床了。戒律反对的是'盖被'，被子是人类发明的。我们撤走了床上的被子，就睡在毯子上。睡床的确很舒服！但我可以告诉你们，我们要的不是舒服，我们在从事所有的脑力劳动。你们不会剥夺我们的睡眠吧？你们不希望我们劳累过度，无法干好本职工作吧？你们不想看到琼斯回来吧？"

听到他这么说，他们连忙向他保证不是这么想的。再也没有动物对猪们睡主屋里的床提出非议。过了几天，有消息宣布猪们早上可以比其他动物晚醒一个小时，这件事也没有动物提出抱怨。

到了秋天，动物们很劳累，但也很开心。他们这一年干得很辛苦，卖掉一部分干草和小麦后，过冬的粮食储备不是很充裕，但风车弥补了一切。现在风车的修建工作已经几乎完成了一半。收割过后，天气很晴朗干爽，动物们比以往更加努力，他们不介意整天迈着沉重的脚步搬运石头；他们觉得，只要能将风车的墙多修高一英尺，再辛苦也是值得的。鲍克瑟甚至晚上会出来工作一两个小时，在月光的沐浴下独自劳动。闲暇的时候，动物们会绕着修建了一半的风车一圈圈地走着，赞赏墙壁能修得这么坚固而垂直，为自己能修建这么宏伟的建筑而惊叹不已。只有本杰明对风车不置可否，不过，和以前一样，他顶多只是说说"驴子寿命很长"这样含糊暧昧的评论。

十一月到了，刮起了凛冽的西南风。因为雨水太多，无法搅拌水泥，风车的修建被迫中止。一天晚上，风力如此猛烈，农舍被吹得摇摆不定，谷仓屋顶被吹走了好几片瓦。母鸡们尖叫着惊醒过来，因为她们同时梦见远处传来了枪声。到了早上，动物们走出畜栏，发现旗杆被吹倒了，果园边上一棵榆树像萝卜一样被连根拔起。接下来，每一头动物都绝望地惊叫起来，可怕的一幕出现在他们面前：风车变成了一堆废墟。

他们一齐冲到风车那里。拿破仑平时很少出来，但他一猪当先，跑在最前头。是的，他们的劳动结晶和心血被夷为平地，他们那么辛苦才砸碎并搬运来的石头四处散落。一开始他们根本说不出话来，悲伤地站在那里望着凌乱的石头。拿破仑沉默地踱着步子，时不时朝地上闻一闻。他的尾巴变得笔直僵硬，猛地甩来甩去，这是他沉思时的特征。突然，他停下脚步，似乎想到了什么。

"同志们，"他平静地说道，"你们知道谁要为这件事负责吗？你们知道昨晚是谁潜入农场捣毁风车吗？是斯诺鲍！"突然间他雷鸣般地大吼大叫起来："这件事是斯诺鲍的恶意报复！他妄图阻止我们的计划，为的是报复当初被驱逐出境的耻辱。这个叛徒在夜幕掩护下溜了进来，摧毁了我们辛苦近一年的心血。同志们，在此我宣布对斯诺鲍判处死刑。任何能将他正法的动物将被授予'二等动物英雄'的荣誉，外加半蒲式耳苹果作为奖励。能将其活捉的动物奖励一蒲式耳苹果！"

动物们万分惊讶地听到这件事居然是斯诺鲍干的。他们义愤填膺地叫嚷着，每一只动物都开始动脑筋盘算如果他再敢回来该怎么逮住他。与此同时，在离土丘不远的草丛里发现了一排猪的脚印。脚印只延续了短短几码远，但似乎通往篱笆上面的一处破洞。拿破仑朝脚印喷着粗气，宣布这些就是斯诺鲍的脚印。他指出，斯诺鲍有可能是从福克斯伍德农场那边来的。

审视完脚印后，拿破仑高喊道："同志们，时不我待！我们还有任务要完成。我们今天上午就开始重建风车，这个冬天我们将一心进行修建工作，无论晴天或是雨天。我们会让这个可耻的叛徒知道，他不会那么轻易就破坏我们的工作。记住，同志们，我们的计划绝不会改变，而且将坚定不移地得以贯彻。前进，同志们！风车万岁！动物农场万岁！"

七

这是个严酷的寒冬。风暴天气夹杂着冰雹和雪花，大地结了一层厚实的严霜，直到二月中旬才解冻。动物们尽心尽力地重建风车，他们都知道外界在冷眼旁观，如果风车未能按时完成，那些猜忌的人类将会弹冠相庆。

出于仇恨，那些人类假装不相信是斯诺鲍捣毁了风车。他们说风车倒塌是因为墙壁修得太薄了。动物们都知道这是无稽之谈，但他们还是决定这一次将墙壁加厚到三英尺，而不是原来的十八英寸，而这意味着要采集数量多得多的石料。厚厚的积雪在采石场里盘踞了很久，什么事情也干不了。在随之而来的干燥结霜的天气里他们还能干一点儿活，但非常辛苦，动物们不再像以前那样充满希望。他们一直冻馁交加，只有鲍克瑟和克洛弗没有丧失信心。斯奎拉发表了许多关于工作的快乐与劳动的尊严的演讲，但让其他动物受到鼓舞的是鲍克瑟的力气和他永远高喊的口号："我要更加努力工作！"

到了一月，食物出现了短缺。玉米的配给大幅度减少，上头宣布，作为弥补，土豆的分量将有所增加。但接着，他们发现大部分土豆被霜冻坏了，因为遮盖不够严实。那些土豆变得软软的，毫无色泽，只有一小部分能吃。一连好些天，动物们只能吃谷糠和树皮，饥荒的阴云笼罩在他们头上。

这件事必须对外界绝对保密。人类受到了风车倒塌的鼓舞，散布了许多关于动物农场的新谣言。他们说，所有的动物在饥荒和疾病的侵蚀下已经奄奄一息，他们一直在内讧，出现了同类相食和吃幼崽的情形。拿破仑深知，如果食物紧缺的真实状况被外界得悉会出现什么后果。他决定利用温帕先生向外界披露相反的情报。迄今为止，温帕每星期都会来动物农场一次，其他动物几乎和他没有接触，但这一次，几只精心挑选的动物，大部分是绵羊，受命假装漫不经心地向他透露说，粮食配给增加了。此外，拿破仑命令将粮仓里的空桶装满沙子，上面盖上一层剩余不多的谷物，找了一个合适的理由让温帕参观谷仓，让他看到那些满满的木桶。他果然上当了，向外界说动物农场不存在食物短缺的问题。

然而，到了一月底，情况已经非常明朗，他们必须从别的地方弄到粮食。这段时间拿破仑很少在公众场合出现，整天都呆在农场主屋里，每道门都有凶恶的狗把守着。他只会在正式场合出现，有六只狗在他身边担任保镖，一有动物凑上跟前，他们就会大吠大叫。有时他甚至不在星期天早上出现，而是通过其他猪传达他的命令，扮演这个角色的通常是斯奎拉。

一个星期天早上，斯奎拉宣布，即将下蛋的母鸡必须将鸡蛋上交。拿破仑委托温帕签署了一份合同，每星期供应四百只鸡蛋，以换取足够的粮食和饲料，让整个农场维持到夏天，到那时情况将会有所好转。

母鸡们听到这个消息，愤怒地尖叫起来。她们一早就知道这个牺牲或许在所难免，但一直不愿相信事情真的会发生。她们刚刚筑好鸡窝，准备春天孵蛋，提出抗议说现在把鸡蛋取走是在谋财害命。自琼斯被逐以来的第一场类似于叛乱的行动爆发了。在三只黑米诺卡小母鸡的带领下，母鸡们决心不让拿破仑遂愿。她们的对抗方式是飞上横梁，在上面生蛋，这些蛋都掉到地上摔得粉碎。拿破仑立刻采取铁腕手段。他下令停止供应母鸡们饲料，而任何胆敢供应一点谷粒给母鸡的动物将被处死，由狗执行命令。母鸡们坚持了五天，最后投降了，回到下蛋的巢箱里。其间有九只母鸡死去，尸体被葬在果园里，对外宣布她们死于球虫症。温帕对这件事一无所闻，鸡蛋准时得以供应，每星期由一辆杂货店的小货车来农场将它们运走。

这段时间没有见过斯诺鲍的踪影。有谣传说他就躲在附近的某个农场里，不是福克斯伍德农场就是平切菲尔德农场。最近拿破仑与其他农场主的关系改善了一些。原来，院子里有一堆木材，从十年前清除一片山毛榉树林后就一直堆放在那儿，都是上好的木材。温帕建议拿破仑将其卖掉，而皮尔金顿先生和弗莱德里克先生都很想买下来。拿破仑在两个买家之间犹豫不决，打不定主意。当他似乎就要和弗莱德里克先生达成协议时，就会传来斯诺鲍躲在福克斯伍德农场的谣言，而当他想和皮尔金顿先生做生意时，谣言就会说斯诺鲍躲在平切菲尔德农场。

突然，早春的时候，一件令人恐惧的事情被揭露了：斯诺鲍总是趁夜悄悄潜入农场！动物们担惊受怕，寝食难安。据说，在夜幕的掩护下，斯诺鲍蹑脚蹑蹄地溜了进来，干尽了种种坏事。他偷窃玉米，踢翻奶桶，打烂鸡蛋，践踏培育种子的温床，啃掉果树的树皮。只要出了什么差错，罪魁祸首就是斯诺鲍。如果一扇窗破了或下水道堵塞，他们就会说是斯诺鲍晚上进来干的好事。谷仓的钥匙不见了，整座农场都认为是斯诺鲍将钥匙扔下了水井。有趣的是，即使后来那把钥匙在一袋饲料下面找到了，他们仍相信是斯诺鲍干的。奶牛们说斯诺鲍还溜进牛棚，乘她们睡着时偷偷挤奶。老鼠们在冬天制造了许多麻烦，也被说成是斯诺鲍的同伙。

拿破仑颁布命令，要彻底调查斯诺鲍的犯罪行径。他带着狗，亲自动身仔细地巡查农场里的建筑，其他动物毕恭毕敬地和他保持着距离。每走几步拿破仑就会停下来，闻着地面寻找斯诺鲍足印的痕迹，他说他辨认得出斯诺鲍的气味。每一个角落他都没有放过，谷仓、牛棚、鸡舍、菜园，斯诺鲍的踪迹几乎无处不在。拿破仑会把猪鼻凑在地面上，深深地嗅几下，然后阴沉地宣布："斯诺鲍！他来过这里！我能闻到他的气味！"听到"斯诺鲍"这个名字，所有的狗都开始发出令鲜血凝固的狂吠，露出森森的獠牙。

动物们吓得魂飞魄散。他们觉得斯诺鲍似乎就像瘟疫一样，弥漫在空气中，给他们制造了种种危险。当天晚上，斯奎拉召集了动物们。他神情严肃，告诉他们有不好的消息要宣布。

"同志们！"斯奎拉叫嚷着，僵着身子跳上跳下，"最可怕的事情被发现了。斯诺鲍已经投靠了平切菲尔德农场的弗莱德里克，他正在策划阴谋，妄图向我们进攻，从我们手中夺走我们的农场！进攻开始时斯诺鲍将充当他的向导，更糟糕的是，我们原本以为斯诺鲍的叛变只是出于虚荣和野心，但我们都错了，同志们。你们知道真正的原因吗？从一开始，斯诺鲍就和琼斯是一伙儿的！他一直是琼斯的密探。我们刚刚发现了一批秘密文件，是他离开时留下的，证实了这一点。这解释了我心中的疑团，同志们。我们都亲眼见到他曾经尝试——虽然以失败而告终——在牛棚大战时将我们陷入失利与万劫不复的境地，难道不是吗？"

动物们惊呆了。比起破坏风车，对斯诺鲍的这一指控可是更严重的罪名。他们愣了好一会儿，才听懂了斯奎拉所说的内容。他们都记得，或者说他们以为自己记得，他们如何看着斯诺鲍在牛棚大战中一猪当先，时时鼓舞着他们，团结着他们，即使琼斯开枪打伤了他的脊背，他也毫不畏缩。一开始的时候他们觉得这与"斯诺鲍是琼斯的同伙"这一指控根本不相符，连很少提出疑问的鲍克瑟也犯迷糊了。他躺了下来，前蹄蜷缩在身下，闭上眼睛，努力地理清思绪。

"我可不相信这个说法。"他说道，"斯诺鲍在牛棚战役作战很英勇啊。这是我亲眼看到的。之后我们不是马上授予了他'一等动物英雄'勋章吗？"

"那时我们犯了错误，同志。现在我们知道了——在我们找到的那批秘密文件里白纸黑字写得清清楚楚——他想诱使我们走向灭亡。"

"但他受伤了，"鲍克瑟说道，"我们都看到他浴血狂奔。"

"那是计划的一部分。"斯奎拉嚷嚷着，"琼斯只是开枪擦伤了他。我可以让你看看他自己所写的内容，如果你能看懂的话。他们的阴谋是，在最关键的时刻，斯诺鲍将发出撤退的信号，拱手将农场让给敌人。他几乎得逞了——我敢说，同志们，如果不是我们英勇的领袖拿破仑同志，他真的会得逞。你们难道不记得，当琼斯和他的帮工闯进院子里时，斯诺鲍突然转身而逃，许多动物都跟在他后面吗？你们难道不记得，就在那时，恐慌情绪的传播一发不可收拾，局势似乎已经无可挽回，是拿破仑同志冲上前，高呼着'人类必亡'，一口咬住琼斯的小腿吗？同志们，你们一定都还记得那一幕吧？"斯奎拉一边跳来跳去一边叫嚷着。

斯奎拉的描述是那么形象而具体，动物们似乎记得确实有这么一回事。他们的确记得，在最关键的时刻斯诺鲍转身逃跑，但鲍克瑟还是有点儿犹豫。

"我不相信从一开始斯诺鲍就是叛徒。"他最后说道，"后来他的所作所为确实变了，但我相信在牛棚战役中他是个好同志。"

斯奎拉语气缓慢而坚定地说道："我们的领袖拿破仑同志已经斩钉截铁地说得很清楚了——斩钉截铁，同志——从一开始斯诺鲍就是琼斯的走狗——是的，早在革命筹划之前就是他的走狗了。"

"啊，那可不一样。"鲍克瑟说道，"如果拿破仑同志这么说，那一定就是正确的。"

"这才是真正的革命精神，同志！"斯奎拉叫嚷着，但大家注意到他那两只小而晶亮的眼睛不怀好意地盯着鲍克瑟。他转过身准备离开，然后停下脚步，阴沉沉地补充道："我要警告农场里的所有动物，你们要睁大眼睛。因为我们有理由相信斯诺鲍的密探正在我们身边潜伏！"

四天后的下午，拿破仑命令全体动物在院子里集合。大家到齐的时候，拿破仑从农场主屋里走了出来，戴着两枚勋章（他最近给自己颁发了"一等动物英雄"勋章和"二等动物英雄"勋章），九只大狗在他的身边跳来跳去，发出恐怖的咆哮。全体动物不禁脊背发凉，静静地蜷缩在原地，似乎预感到将会有可怕的事情发生。

拿破仑严肃地站着，注视着动物们，接着他发出一声尖叫，那群狗立刻冲上前，叼住四只猪的耳朵，将他们拖到拿破仑的脚边。那几只猪痛苦而惊慌地哀号着，他们的耳朵滴着鲜血，那群狗闻到了血腥味，变得非常疯狂。大家惊讶地看到，有三只狗扑向了鲍克瑟。看到他们扑过来，鲍克瑟一蹄子在半空里踢中一只狗，将他踩在脚下。那只狗尖声求饶，另外两只狗夹着尾巴逃了开去。鲍克瑟看着拿破仑，想知道他得踩死那只狗，还是放开他。拿破仑似乎脸色一变，大声喝令鲍克瑟放开那只狗。鲍克瑟松开马蹄，那只狗溜了回去，身上青一块紫一块，低声呜咽着。

骚乱很快平息下来。那四只猪战栗地等候着，脸上的神情清楚地表明他们有罪。拿破仑命令他们坦白招供，就是这四只猪曾在拿破仑取缔星期天大会时提出抗议。不需要任何盘问他们就承认，自从斯诺鲍被驱逐后就一直暗地里和他有接触，而且他们是破坏风车的同伙，还和他达成协议，准备将动物农场出卖给弗莱德里克先生。他们还补充说，私下里斯诺鲍还对他们承认，从好几年前起他就是琼斯先生的密探。招供完毕后，那几只狗立刻咬断他们的喉咙，接着，拿破仑阴沉地质问还有哪些动物要招供坦白。

三只曾在"鸡蛋起义"中带头的母鸡走上前，承认斯诺鲍曾在睡梦中出现，煽动她们反抗拿破仑的命令。她们也被处决了。接着，一只鹅走出来坦白说，去年收割粮食的时候偷了六个玉米，晚上吃掉了。接着，一只绵羊坦白说曾在饮水池里撒了尿——她说是斯诺鲍指使的。另外两只绵羊坦白说，他们谋害了一头对拿破仑忠心耿耿的老山羊——他们围着篝火追逐着他，最后他死于咳嗽。这几只动物也被就地处决。坦白罪行和就地正法一直进行着，直到拿破仑的脚前横七竖八躺着一堆尸体，空气中弥漫着浓厚的血腥味，本来这种味道自从赶跑琼斯之后，就再也没有出现过。

审判结束了，除了猪和狗之外，其他动物一起离开了。一个个战战兢兢，惊魂未定。他们不知道哪件事情更恐怖——是有的动物和斯诺鲍勾结叛变，还是刚刚目睹的残酷镇压。在以前，屠杀动物时有发生，情况同样恐怖，但他们都觉得现在的情况更加糟糕，因为他们正在同类相残。自从琼斯被赶走后，直到今天之前，动物们没有互相残杀，连一只老鼠也没有被打死。他们走到那座土丘上，修建了一半的风车就矗立在上面，大家一起躺了下来，似乎需要凑在一起取暖——克洛弗、穆丽尔、本杰明、奶牛们、绵羊们和一群鸭鹅——大家都在，除了那只猫，在拿破仑召集他们集合之前她就突然不见了。没有动物开口说话。只有鲍克瑟还站着，烦躁地踱着步，长长的黑马尾拍打着身子，时不时惊讶地嘶鸣几声，最后开口说道：

"我搞不懂，我不能相信这种事情会在我们的农场发生。这一定是因为我们都有缺陷。我认为，解决的办法就是更加努力工作。从现在开始，我将提早一个小时起床。"

他迈着沉重的步子离开了，走到采石场，收集了整整两车石头，拉到风车那里，然后才去睡觉。

动物们围在克洛弗身边，没有说话。他们躺在土丘上，这里视野开阔，可以俯瞰整片郊野，动物农场的景致尽收眼底——长方形的牧场一直延伸到大路那边，还有晒草场、小树林、饮水池。田地耕好了，种满了绿油油的早麦，农舍的红屋顶上炊烟袅袅。现在是早春晴朗的傍晚，草地和树篱被夕阳最后一丝光芒镀上了金色。他们惊讶地想起这是自己的农场，每一寸土地都是他们的财产——在他们的眼中，它从未显得如此令人向往。克洛弗俯瞰着山下，眼里噙着泪花。如果她能说出自己的心声，她想说的是，当年他们自发起义推翻人类的统治时，并没有想到事情会变成这样。那个晚上老少校鼓舞他们发动起义时，他们并没有想到会发生这一幕幕恐怖的屠杀。当时她自己所憧憬的未来，是一个动物免于饥饿与鞭笞的社会，大家地位平等，每只动物各尽其能各司其职，强者保护弱者，就像那天晚上老少校演讲时她用前腿保护那群孤苦伶仃的鸭雏一样。然而——她不知道为什么会这样——他们却迎来一个没有动物敢说出心声的时代，周围都是凶残咆哮的恶狗，同志们在坦白骇人听闻的罪行后被撕成碎片。她没有不顺从或造反的念头，她知道即使是这样，他们的日子也要比琼斯在的时候好得多。她知道，最重要的事情是阻止人类的复辟。无论发生什么事情，她都必须继续坚定信仰，努力工作，执行下达给她的命令，拥护拿破仑的领袖地位。但是，刚刚发生的那一幕并不是他们所希望发生的事情，他们这么辛苦工作，可不是为了这样。他们建造风车，面对琼斯的枪弹，可不是为了这样。这些就是她的想法，但她不知道该如何表达。

最后，她知道自己无法以言语表达所思所想，于是唱起了《英格兰兽》。坐在她身旁的其他动物也跟着唱起来，他们一连唱了三遍——旋律很优美，但唱得很慢很伤感，他们以前从未像这样唱这首歌。

刚唱完第三遍斯奎拉就来了，带着两条狗，脸色凝重，似乎有重要的事情宣布。他传达了拿破仑同志的特别命令，《英格兰兽》被列为禁歌，从今以后，动物们不许再唱这首歌。

动物们惊呆了。

"为什么？"穆丽尔叫嚷着。

"我们不再需要这首歌了，同志。"斯奎拉瓮声瓮气地说道，"《英格兰兽》是一首讴歌起义的歌曲，但起义已经结束了。今天下午处决叛徒是革命的最后行动，我们已经战胜了外部和内部的敌人。《英格兰兽》表达的是我们对于理想社会的向往，但我们已经建立了理想社会，显然，这首歌再也没有用处了。"

虽然动物们很害怕，但有几只动物或许会提出抗议，可就在这时，绵羊们又开始像往常一样咩咩咩地叫着"四条腿好，两条腿不好"，一连持续了好几分钟，终止了讨论。

从此，农场里再也听不到《英格兰兽》的歌声，诗人米尼姆斯创作了另一首歌代替它，歌曲的开头是这样的：

"动物农场，动物农场，我要以生命保卫你！"

每个星期天早上升旗仪式之后都会唱这首歌，但动物们觉得无论是歌词还是旋律，这首歌都比不上《英格兰兽》。

八

过了几天，处决叛徒的恐怖渐渐平息，有几只动物记起——或者说，他们以为自己记得——"七诫"的第六条是这么写的："动物们不得互相残杀。"他们没敢把这件事说给猪们或狗们听，但他们觉得残杀动物这件事不合规矩。克洛弗让本杰明读给她听第六条写了些什么内容，但一如既往，本杰明拒绝了，理由是他不想掺和这些破事儿。于是，她去找了穆丽尔，穆丽尔帮她读出上面写了些什么："动物们不得无故同类相残。"不知怎么的，"无故"这两个字被动物们遗忘了。不过现在他们知道"七诫"并没有被违背，因为处决那些与斯诺鲍勾结的叛徒是天经地义的事情。

那一年动物们的劳动比前一年还要辛苦。为了重建风车，墙壁要比之前的厚一倍，必须在规定的时间内完成，还得干农场里其他的活儿，工作的确非常繁重。有时动物们觉得比起琼斯的时候，他们似乎工作时间更长了，而食物却没怎么改善。每到星期天早上，斯奎拉会用猪蹄夹着一张长长的纸条，向他们朗读出一连串数字，表明每种粮食的产量增加了百分之两百、百分之三百甚至百分之五百。动物们没有理由不相信他，因为他们都记不清起义之前的情况到底是怎么样的。不管怎样，他们只希望这些数字会少一些，而食物能多一些。

现在所有的命令都通过斯奎拉或某只猪传达下来，拿破仑通常每半个月才会在公众场合出现。当他出现时，不仅有那几只狗陪同着，而且随行的还有一只黑色的小公鸡，走在他前面，充当号兵的角色，在拿破仑讲话之前发出嘹亮的"喔喔喔"的叫声。据说在农场主屋里，拿破仑自己要住好几间房，由两只狗守卫着他单独用餐，而且总是用产自德比郡的王冠牌餐具进食，这些餐具原本放在客厅的玻璃橱柜里。每年到了拿破仑的生日要鸣枪庆祝，规格和其他两个节日一样。

拿破仑现在不再只是叫"拿破仑"。他总是被正式称呼为"我们的领袖拿破仑同志"，那些猪乐此不疲地发明着种种头衔，像"一切动物的父亲"、"人类的梦魇"、"绵羊们的守护者"、"鸭子们的朋友"等等等等。演讲的时候，斯奎拉总是热泪盈眶地歌颂拿破仑的智慧、仁慈以及他对所有地方的动物深沉的爱，甚至包括那些其他农场里仍生活在愚昧与奴役中的可怜的动物们。每一次成功和每一份幸运都被归结为拿破仑的英明领导，这已成为司空见惯的事情。你会经常听到一只母鸡对另一只母鸡说："在我们的领袖拿破仑同志的英明指引下，我六天内下了五个鸡蛋。"两头在池边饮水的奶牛会说："感谢拿破仑同志的英明领导，这水是多么甘甜啊！"整座农场的感激之情在米尼姆斯所创作的诗歌《拿破仑同志》中得到了高度体现，诗的内容是这样的：

"您是孤儿们的朋友！

您是幸福的泉源！

您是猪食桶的主宰！

噢，当我凝望着您那平静而威风凛凛的眼眸时，

我的灵魂在熊熊燃烧，您就像天上的太阳，亲爱的

拿破仑同志！

是您赐予了所有动物无尽的爱。

是您赐予我们每日两顿饱餐，

赐予我们干净的草床。

所有的动物，无论大与小，

都能安心地睡觉。

是您守护着我们，

拿破仑同志！

我若有一头吮奶的猪崽，

哪怕他的身躯

比奶瓶还小、比擀面杖还短，

他也应该学会无限忠于您，热爱您。

是的，我们所说的第一句话，

将是'拿破仑同志！'"

拿破仑很欣赏这首歌，命人将其写在大谷仓里"七诫"对面的墙上。斯奎拉还在上面用白油漆画了拿破仑的侧身肖像。

与此同时，通过温帕的穿针引线，拿破仑与弗莱德里克和皮尔金顿进行了复杂的商务谈判，但那堆木材还是没有卖出去。弗莱德里克更希望买下这些木材，但他的报价实在太低了。就在这时又传出了谣言，说弗莱德里克和他的手下正在密谋攻打动物农场，捣毁风车，因为这座风车让他嫉妒万分，而斯诺鲍似乎就躲在平切菲尔德农场。到了仲夏，动物们惊讶地听到三只母鸡坦白了自己的罪行，她们受斯诺鲍的唆摆，准备阴谋行刺拿破仑。她们立刻被就地处决，为了保证拿破仑的安全，新的安保措施开始执行。每天晚上四只狗守在他的床边，每只狗把守着一个床角。一只名叫平克埃的小猪在拿破仑吃东西之前，先品尝检测食物是否被下了毒。

与此同时，有消息说拿破仑已经决定将木材卖给皮尔金顿先生，而且还打算让动物农场与福克斯伍德农场达成农产品贸易的长期协议。虽然拿破仑与皮尔金顿先生的一切交往都是通过温帕在传达，两人却几乎成了朋友。动物们不信任皮尔金顿，因为他是人类，但他们更讨厌弗莱德里克，他们对这个人又怕又恨。随着夏天渐渐过去，风车就快建好了，而人类将发起进攻的谣言也日益喧嚣。据说弗莱德里克准备带二十个人发动侵略，所有人都将带着枪。据说他还贿赂了地方治安官和警察，只要他能抢夺到动物农场的地契，他们对此将不闻不问。而且平切菲尔德农场还传来了可怕的传闻，说弗莱德里克十分残忍地虐待他的动物。他活活打死一匹老马，饿死奶牛，把一只狗扔进火炉里烧死，还在公鸡的脚上绑刀片，然后让他们互相啄斗，以这种方式取乐。听到这些发生在自己同志身上的暴行，动物们气愤得热血沸腾，聒噪着要进攻平切菲尔德农场，赶走人类，解放那里的动物。但斯奎拉劝告他们要避免盲目行动，信任拿破仑同志的策略。

尽管如此，对弗莱德里克的仇恨依然十分高涨。一个星期天上午，拿破仑出现在谷仓里。他解释说，他从未想过将木材卖给弗莱德里克，和这种无耻小人做生意有辱他的尊严。那些派遣出去传播起义宣传的鸽子被勒令不得在福克斯伍德农场的任何地方歇脚，还将之前"打倒人类"的口号换成了"打倒弗莱德里克"。到了夏末，斯诺鲍的另一个阴谋被揭穿了：今年的小麦里掺了很多杂草，原来是斯诺鲍趁夜色潜入农场，将杂草的种子掺进了庄稼的种子里。一只参与了阴谋的公鹅向斯奎拉坦白了罪行，然后吞下剧毒的龙葵莓自杀了。动物们现在知道斯诺鲍其实从未被颁发过"一等动物英雄"勋章——虽然很多动物一直以为有这么一回事。这其实是牛棚战役后斯诺鲍杜撰的故事。他根本不像故事里所说的那么英勇作战，而是一个懦夫。听到这些有的动物又觉得很迷惑，但斯奎拉很快就说服它们是它们记错了。

　　到了秋天，经过艰苦卓绝的努力——因为秋收工作几乎同一时间进行——风车终于修好了。发电机还没安装，温帕先生负责谈判采购价格，但基本的结构已经完成。虽然经历了种种困难，虽然动物们毫无经验，虽然工具非常简陋，虽然运气很不好，虽然斯诺鲍一直在阴谋破坏，修建风车的工作还是在最后一天按时竣工了！动物们虽然很疲惫，但觉得很自豪，他们绕着自己的杰作走了一圈又一圈，觉得这座风车比第一次建成的时候还漂亮。而且，墙壁比上次厚了一倍，得用炸药才能将它炸倒！当他们想到自己经历了多么艰辛的劳动，克服了怎样的困难与挫折，而一旦风车的叶片开始转动，发电机开始运作，他们的生活又将会发生如何翻天覆地的变化——当他们想到这些时，疲惫就一扫而空，绕着风车一圈接一圈地雀跃着，发出胜利的欢呼。拿破仑带着几只狗和一只小公鸡前来视察风车，他祝贺动物们所取得的成绩，宣布风车被命名为"拿破仑风车"。

两天后，动物们被召集到谷仓参加特别会议。他们惊讶万分地听到拿破仑宣布他已经将木材卖给了弗莱德里克。明天弗莱德里克的马车就会过来将木材运走。这段时间，表面上拿破仑与皮尔金顿很友好，其实暗地里已经和弗莱德里克达成了协议。

与福克斯伍德农场的关系彻底破裂了，皮尔金顿受到了种种羞辱。信鸽们收到命令，不再去平切菲尔德农场捣乱，并将"打倒弗莱德里克"的口号改成了"打倒皮尔金顿"。与此同时，拿破仑劝慰动物们说，那些人类将进攻动物农场的消息纯属子虚乌有，而弗莱德里克对动物的种种暴行其实是被夸大了。这些或许都是斯诺鲍及其党羽散布的谣言。现在他们知道斯诺鲍其实没有躲在平切菲尔德农场，事实上，他从未踏足过那里。据说他正躲在福克斯伍德农场里，过着奢华无度的生活，事实上，几年前他就已经在领皮尔金顿的津贴了。

那些猪对拿破仑的智慧佩服得五体投地。他假装与皮尔金顿示好，迫使弗莱德里克将价格提高了十二英镑。斯奎拉说，拿破仑无与伦比的智慧在于，他不相信任何人，包括弗莱德里克。弗莱德里克原本想支付一种叫"支票"的东西买下那堆木材，这东西好像就是一张纸，承诺兑现上面所写的款项，但拿破仑根本不上他的当。他要求以五英镑面额的现钞作为支付手段，而弗莱德里克已经付了钱。这笔钱刚好可以用来买风车的发电设备。

与此同时，那堆木材很快被运走了。运完之后，谷仓里又召开了特别大会，全体动物参观弗莱德里克支付的现金。拿破仑佩戴着那两块军功章，带着一脸真诚幸福的微笑，正襟危坐在平台的一堆干草上面，身边那叠钱整整齐齐地码好放在从主屋厨房里拿过来的一个瓷碟上。动物们列队慢慢走过来，大饱眼福。鲍克瑟伸出鼻子闻一闻那叠钱，几张薄薄的、白晃晃的纸被吹动着，发出沙沙的响声。

三天后，农场里出了一件可怕的大事。温帕脸色苍白地踩着单车赶到农场，将单车丢在院子里，径直冲进农场主屋。接着，拿破仑的房间里传来盛怒的吼叫声。消息像野火一样传遍整个农场。那些钞票都是伪钞！弗莱德里克分文未付就骗走了那些木材！

拿破仑立刻召集全体动物，以极其恐怖的声音宣布判处弗莱德里克死刑。他说一逮到弗莱德里克就会将他活活用开水烫死。与此同时，他警告动物们弗莱德里克行骗得逞之后，最可怕的事情将会发生。弗莱德里克和他的手下随时会对动物农场发起期待已久的进攻。通往农场的各条道路上都布置了岗哨；此外，四只鸽子被派到福克斯伍德农场传递和解的信息，希望与皮尔金顿重归于好。

隔天早晨，进攻开始了。动物们正在吃早饭的时候，放哨的动物就跑过来报告说弗莱德里克和他的同伙已经通过了五栅大门。动物们勇敢地冲上前迎击他们，但这一次可不像牛棚战役那样可以轻松取胜。对方有十五人，有六七把枪，双方相隔五十码的时候他们就开火了。动物们根本抵挡不住火力猛烈的进攻，虽然拿破仑和鲍克瑟努力组织他们抵抗，很快他们就只能撤退，有好几只动物已经挂了彩。他们以农舍为掩护，警惕地从裂缝和墙孔朝外边张望。整个大牧场包括风车已经被敌人占领。这时连拿破仑也似乎手足无措，他来回踱着步，一言不发，尾巴僵直地摇摆着。他不时朝福克斯伍德农场的方向张望，如果皮尔金顿先生和他的帮工能援助他们，这场仗还有机会赢。但就在这时，昨天派遣出去的四只鸽子回来了，其中一只带着皮尔金顿先生的纸条，上面用铅笔写着："活该！"

与此同时，弗莱德里克和他的同伙来到风车那里。动物们看着他们，惊慌地喃喃自语着，恐惧传染了每一只动物。两个人拿出撬棒和铁锤，他们准备将风车捣毁。

"不可能！"拿破仑嚷道，"我们修建的风车坚固得很，他们花一星期时间也毁不掉。鼓起勇气来，同志们！"

但本杰明专注地看着那几个人的行动。那两个拿着撬棒和铁锤的人在风车的地基处挖了个洞，本杰明带着调侃的神态，慢悠悠地晃着长长的驴脸说道：

"我想的确如此。你们难道没看到他们在做什么吗？接下来他们就要往那个洞里埋火药了。"

动物们惊恐地等候着。他们不敢冲出农舍的掩护。过了几分钟，那些人朝四面八方跑了开去，接着传来了震耳欲聋的巨响。鸽子们在空中盘旋着，除了拿破仑外，所有动物都吓得躺倒在地，把脸埋了起来。当他们站起身时，看到风车所处的地方笼罩着一团黑烟，渐渐随着轻风的吹拂而消散。

风车已不复存在!

　　看到这一幕动物们不禁怒从胆边生,这一卑劣的行径激起了他们的义愤,刚才的恐惧与绝望被一扫而空。他们发出复仇的呐喊,不等命令下达就一齐径直冲向敌人。无情的子弹像冰雹一样席卷而来,但这一次他们毫不为意。这是一场艰苦卓绝的战役,人类一次次地开枪,当动物们冲到他们身边时,还拿出了棍棒殴打他们,用沉重的靴子踢打他们。一头奶牛、三只绵羊和两只鹅牺牲了,几乎每头动物都受了伤。拿破仑在后方指挥,连他的尾巴尖也被一颗子弹擦伤。但人类也好过不到哪里去。三个人被鲍克瑟的马蹄踢得头破血流,另一个人被一头奶牛的牛角扎进了肚子,另一个人的裤子几乎被杰西和布鲁贝尔咬掉。拿破仑的那九只贴身保镖恶犬按照他的安排,以篱笆为掩护,迂回到人类的侧翼,突然冲了出来,凶狠地狂吠着。那几个人吓得魂飞魄散,他们知道自己有可能会陷入包围,弗莱德里克朝同伙喊话,想趁道路还没被封死之前乘机逃跑,紧接着,那几个人像懦夫一样仓皇而逃。动物们一直追到农田的尽头,在那几个人爬过荆棘篱笆的时候狠狠地踢上几脚。

　　他们胜利了,但精疲力尽,伤痕累累。他们慢慢走回农场。看到死去的同志横尸在草地上,几只动物伤心地哭了起来。他们走到原先风车矗立的地方，默默地站在那儿。是的，风车没有了，他们辛辛苦苦的劳动成果化为乌有！连底基也几乎被炸平。这一次他们不能像上次那样利用倒下的石头重建风车，因为这一次连石头也被炸没了。爆炸的威力将石头炸到几百码外的地方，似乎风车根本不曾存在过。

他们走近农场时，斯奎拉蹦蹦跳跳地朝他们走来，晃动着小尾巴，满意地微笑着。刚才战斗的时候他不知道跑哪儿去了。动物们听到农舍那边传来了枪声。

"干吗要开枪？"鲍克瑟问道。

"庆祝我们的胜利！"斯奎拉叫嚷着。

"什么胜利？"鲍克瑟问道。他的膝盖在流血，他的一个马蹄铁没了，一只马蹄开岔了，几颗子弹击中了他的后腿。

"什么胜利，同志？我们不是将敌人从我们的土地上赶跑了吗？我们不是保卫了动物农场神圣的土地吗？"

"但他们摧毁了风车。为了建造风车我们整整辛苦了两年！"

"那又怎么样？我们会再建造一座风车。如果我们愿意，我们会建造六座风车。同志，你不明白我们刚刚所缔造的丰功伟绩。我们现在所站立的土地刚才还被敌人所占领，现在——感谢拿破仑同志的英明领导——我们夺回了每一寸土地！”

“我们只是赢回了原本就拥有的东西。”鲍克瑟说道。

“这就是我们的胜利。”斯奎拉反驳道。

他们一瘸一拐地走进院子里。几颗子弹嵌在鲍克瑟的腿里，疼得很厉害。他知道重建风车将会是多么辛苦的劳动，他已经想象着自己承担起这个重担，但有生以来，他第一次意识到自己已经十一岁了，或许，他的肌肉已经不像以前那么强健有力了。

但当动物们看到绿色的旗帜升起，听到鸣枪致意——这次一连开了七枪——并听到拿破仑的讲话，赞扬他们的英勇作战时，他们觉得这终究是一场伟大的胜利。他们为在战斗中牺牲的动物举行了庄严的葬礼。鲍克瑟和克洛弗拉着马车充当灵车，拿破仑本人走在队伍的前头。他们整整庆祝了两天，载歌载舞，发表演说，继续鸣枪致意。每头动物分到了一个苹果，每只鸟分到了两盎司玉米，每只狗分到了三块饼干。这场战役被命名为“风车战役”，拿破仑创建了新的军功头衔，名字叫做“绿旗勋章”，授予了他自己。在欢庆的气氛中，收到伪钞的不幸被淡忘了。

几天后，猪们在农场主屋的地窖里找到了一箱威士忌。第一次占领主屋的时候没有发现这箱东西，当晚主屋里传来了嘹亮的唱歌声，但令每一头动物惊讶的是，《英格兰兽》的歌词被唱得乱七八糟的。大约九点半的时候，有动物看到拿破仑戴着琼斯先生的旧圆顶礼帽，从后门出来，绕着院子跑来跑去，然后又走回屋子里。到了早上，主屋里一片寂静，没有一头猪醒过来。到了九点钟斯奎拉才出现，走起路来有气无力，双眼迟钝无神，尾巴软软地耷拉着，看上去似乎病得很厉害。他召集了动物，告诉他们有一个噩耗要宣布：拿破仑同志病危了！

大家如丧考妣地悲号着，他们蹑手蹑脚地走到主屋的门前，放下干草以示哀悼。他们含着眼泪，彼此询问如果领袖离开了他们该怎么办。有谣言说斯诺鲍的阴谋终于得逞，往拿破仑同志的食物里投了毒。十一点钟的时候，斯奎拉出现了，宣布新的消息。拿破仑逝世前最后下达了神圣的命令：酗酒的动物将被处以死刑。

不过，到了晚上，拿破仑的健康似乎有所好转，第二天早上，斯奎拉告诉大家拿破仑的身体开始恢复。到了当天晚上，拿破仑恢复了工作。隔日大家听说他命令温帕到威灵顿购买几本关于酿酒和蒸馏的书。一周后，拿破仑下令将果园尽头原本准备用来供退休动物吃草养老的小牧场开垦出来。一开始大家以为这是因为这块土地耗尽了肥力，需要重新播种，但很快他们获悉拿破仑准备用它来种大麦。

这个时候出了一桩怪事，大家都不明白到底是怎么回事。一天晚上大约十二点钟的时候，院子里传来一声巨响，动物们都从畜栏里跑了出来。那天晚上月光皎洁，在书写着"七诫"的大谷仓的端壁脚下，一张梯子断成两截。斯奎拉似乎吓坏了，四肢瘫直躺在旁边，在他的蹄子旁边有一个灯笼、一把油漆刷子和一个打翻的白油漆桶。几只狗立刻围住斯奎拉，等他一能走路就护送他回到农场主屋。没有动物明白这到底是怎么回事，除了本杰明——他晃着长长的驴脸，似乎了然于胸，但什么也没说。

几天后穆丽尔读着"七诫"时，发现又有一处地方它们记错了。他们原本以为第五诫的内容是"动物们不得饮酒"，但他们漏了两个字——事实上，第五诫的内容是"动物们不得饮酒过度"。

九

鲍克瑟的蹄子开岔了，很久都没好。庆祝完胜利后第二天，他们就开始重建风车。鲍克瑟不肯给自己放哪怕一天假，而且不让别的动物察觉他在忍受疼痛，认为这事关他的荣誉。到了晚上他会私下里对克洛弗说，他的蹄子疼得很厉害。克洛弗嚼碎草药，敷在蹄子上。她和本杰明劝说鲍克瑟干活不要那么拼命。她告诉鲍克瑟，马的肺无法一直承受负荷，但鲍克瑟听不进去。他说他只有一个心愿未了——在他退休之前，希望看到风车建成。

动物农场最初制定法律的时候规定，马和猪的退休年龄是十二岁，奶牛十四岁，狗九岁，绵羊七岁，母鸡与鹅是五岁。养老津贴已经通过决议，但迄今还没有动物领到养老津贴，不过最近越来越多的动物谈论着这个话题。现在果园那边的小牧场被开辟成了大麦田，有消息说，大牧场的一角会修筑篱笆，专门留给退休的动物颐养天年。消息还说，马的退休津贴是一天五磅玉米，冬天则是十五磅干草，节假日时还会分一根萝卜或一个苹果。明年夏末就将是鲍克瑟的十二岁生日。

　　与此同时，生活过得很艰苦。这个冬天和去年的冬天一样寒冷，食物更加紧缺。除了猪和狗之外，所有动物的食物配给都减少了。斯奎拉解释说，严格按照公平原则实施配给其实与动物主义的精神格格不入。他轻松地向其他动物证明，事实上他们并不缺少食物，虽然情况看上去是这样。在目前的情形下，食物配给"重新调整"在所难免（斯奎拉总是说"重新调整"，从来不说"减少"），但比起琼斯在的时候，生活已大有改善。斯奎拉尖厉而快速地读出一连串数字，向他们证明比起琼斯在的时候，他们有了更多的燕麦、更多的干草、更多的萝卜，而且他们工作的时间缩短了，他们的饮水质量提高了，他们的寿命增加了，他们的下一代死亡率降低了，他们的畜栏里铺了更多的干草，跳蚤肆虐的情况减少了。动物们相信他说的每句话。说实话，他们已经淡忘了琼斯在的时候生活到底是什么情形。他们知道现在的生活很穷很辛苦，他们总是在忍饥挨冻，只要醒来就得一直干活。但是，毫无疑问，以前的生活一定要比现在更糟糕，他们很乐意相信这一点。而且，以前他们是奴隶，现在他们获得了自由，而这是最重要的，同时也是斯奎拉强调的重点。

现在有更多张嘴等着吃饭。秋天的时候四头母猪几乎同一时间下崽，生了三十一头小猪，每一头都长着花斑猪皮，而拿破仑是农场里唯一的公猪，因此不难猜到他们的父亲是谁。命令下来了，等买来砖头和木料，农场主屋的花园里将会盖一间学校。拿破仑暂时在主屋的厨房里负责教育这些小猪。他们在花园里锻炼玩耍，但不能和其他小动物在一起。与此同时，农场里多了条规矩：当一头猪和别的动物在路上相遇时，其他动物必须让道。所有的猪，无论地位高低，享有星期天在尾巴上佩戴绿缎带的特权。

农场这一年的收成不错，但还是缺钱。建学校得买砖头、沙子和石灰，而且还要存钱购买风车的发电设备，此外还要买主屋里用的灯油、蜡烛和供拿破仑专享的方糖（他不准别的猪吃糖，理由是吃糖会导致肥胖）；还有常用的消耗品，譬如工具、钉子、绳索、煤炭、电线、铁片和狗饼干。他们卖了一垛干草和一部分土豆收成，鸡蛋的合约增加到一星期六百个，所以那一年母鸡们没有孵出足够的鸡雏以保持农场里鸡的数量。十二月的时候饲料配给的数量已经减少了一次，到了二月份又削减了一回。为了节省灯油，畜栏里不许点灯。不过，猪们的日子似乎还是很滋润；事实上，他们都变得更胖了。二月底的一天下午，一股动物们从未闻过的暖和馥郁、令人食欲大开的香气从发酵小屋里穿过院子传了出来。那间发酵小屋在厨房的旁边，自从琼斯在的时候就停用了。有的动物说这是煮大麦的味道。动物们饥渴地闻着香气，心想这是不是在准备热乎乎的麦芽浆当晚餐。但是，热乎乎的麦芽浆没有出现，接下来的那个星期天，命令下达了：从现在开始所有的大麦都得留给猪们享用。果园那边的那块田里已经开始播种大麦了，有小道消息说现在猪们每天可以分到一品脱的啤酒，拿破仑则可以喝半加仑，总是用德比郡皇冠牌盛汤盖碗开怀畅饮。

不过，虽然说日子比以前更辛苦了，但现在他们的生活比以前更有尊严，这在部分程度上抵消了痛苦。现在唱歌多了，演讲多了，游行也多了。拿破仑下令每周要举行一次自发游行，目的是庆祝动物农场的英勇斗争与伟大胜利。在规定的时间里，动物们离开自己的工作岗位，像军队一样排成方阵绕着农场游行。猪们走在最前面，然后是马，接着是奶牛、绵羊和家禽，几只狗走在最后面。带队的是拿破仑的黑色小公鸡，鲍克瑟和克洛弗扛着一面绿色的旗帜，上面画着蹄子和角，写着"拿破仑同志万岁！"游行之后是诗歌朗诵，内容都是向拿破仑致敬，接着是斯奎拉的演讲，滔滔不绝地列举出粮食产量近期的增长，有时还会鸣枪致意。绵羊们是自发游行最忠实的拥趸，如果有哪只动物抱怨说（当猪或狗不在身边的时候，有时会有几只动物这么做）这是在浪费时间，而且还得在寒风中站这么久，绵羊们就会大声地咩咩咩叫着"四条腿好，两条腿不好"，让那些动物停止抱怨。不过，大体上动物很喜欢这些庆祝活动，他们觉得这让他们想到自己毕竟当家做主了，他们的工作都是为了自己的利益。因此，在歌声、游行、斯奎拉的一连串数字、震耳欲聋的枪声、小公鸡的啼叫声和飘扬的旗帜的感染下，他们忘记了自己饥肠辘辘，至少在当时不怎么觉得。

到了四月，动物农场宣告成为共和国，因此需要选举产生一位总统。候选动物只有一只，那就是拿破仑，他毫无异议地顺利当选。在同一天，有消息说又有新的秘密文件被发现，揭露了斯诺鲍与琼斯勾结的更多细节。与动物们原先的想象刚好相反，斯诺鲍不仅想要阴谋断送牛棚战役，而且还公然与琼斯并肩作战。事实上，当时是他为人类带路，高喊着"人类万岁"的口号发动了战斗。几只动物还记得斯诺鲍的背上有几道伤痕，事实上，那都是拿破仑咬的。

到了仲夏，失踪了几年之后，乌鸦摩西突然又在农场里出现了。他还是那副德性，从不干活，和以往一样大谈美妙的糖果山。他会栖息在一个树墩上，扑扇着黑色的翅膀，向任何愿意倾听的人布道，一谈就是好几个小时。他会神情庄严地用他硕大的鸦嘴指着天空说："同志们，在那上面，就在乌云的另一头——就是糖果山，那里是美妙的天堂，我们这些可怜的动物将在那里安息，不用再辛苦劳动！"他甚至声称自己曾飞上云霄到过那里，亲眼见到四季常青的苜蓿田，见到篱笆上长着亚麻籽饼和方糖。许多动物都相信他。他们觉得自己现在的生活连饭都吃不饱，干活又非常辛苦，有一个更美好的世界存在不是理所当然的事情吗？猪们对摩西的态度很暧昧，他们不屑地斥责摩西关于糖果山的描述都是谎言，但他们又让他呆在农场里，不用工作，每天分到一及耳①啤酒。

鲍克瑟的蹄子康复了，他比以往更加努力地工作。事实上，那一年动物们都像奴隶一样干活。除了农场的常规工作外，还得重建风车，给小猪们盖校舍，这项工作从三月份开始。有时长时间填不饱肚子真的很难挨，但鲍克瑟从不畏惧退缩。他的一言一行、一举一动似乎还是像以前一样刚强有力，但他的外表却改变了。他的皮毛不再像从前那样油光滑亮，饱满的腰肢似乎也变小了。大家都说："到了春天有草

---

① 及耳：英制容量单位，为四分之一品脱，合0.14升。

吃，鲍克瑟就会恢复过来的。"但春天到了，鲍克瑟并没有长胖。有时在通往采石场的坡路上，他收紧全身的肌肉拉着一块沉重的石头，靠着意志在硬撑着。这时他的嘴似乎在说："我要更加努力工作。"但他说不出话来。克洛弗和本杰明一再劝告他要注意身体，但鲍克瑟根本不肯听。他的十二岁生日就要到了，他希望在领退休津贴之前多采集一点石头，其他的根本不在乎。

一个夏日的傍晚，一个噩耗传遍了农场：鲍克瑟独自出去给风车拉石头的时候出事了。消息是真的。几分钟后，两只鸽子飞回来说："鲍克瑟出事了！他躺倒在地上，挣扎着爬不起来！"

农场里一半动物跑到风车所在的土丘。鲍克瑟躺在马车的两根辕木之间，脖子伸得很长，甚至没办法抬起头。他的眼睛呆滞无神，身上满是汗水，嘴角边流着一道鲜血。克洛弗跪在他身边。

"鲍克瑟！"她问道，"你怎么了？"

"我的肺裂了。"鲍克瑟的声音很微弱，"不要紧，我想，没有我你们也能建好风车。我已经收集了许多石头，反正再有一个月我就退休了。说老实话，我还是挺盼望退休的。本杰明也老了，或许他们会让他和我一起退休，这样我好有个伴儿。"

"我们得找猪来帮忙。"克洛弗说道，"快点，谁去通知斯奎拉发生了什么事。"

大家都立刻跑到农场主屋，告诉斯奎拉这件事。只有克洛弗和本杰明留了下来，本杰明躺在鲍克瑟身边，什么也没说，用他长长的尾巴为鲍克瑟赶跑苍蝇。大概一刻钟后斯奎拉过来了，关切地嘘寒问暖。他说拿破仑同志已经知道了这桩不幸，内心非常悲痛，因为鲍克瑟是农场里最忠诚的劳动者。他已经着手安排送鲍克瑟到威灵顿的医院疗养。听到他这么说，动物们都觉得有点不安。除了莫莉和斯诺鲍，其他动物都没有离开过农场，他们不敢想象病重的鲍克瑟同志落到人类手里会怎么样。然而，斯奎拉轻松地说服他们威灵顿的兽医可以治好鲍克瑟，这要比让他留在农场里更好。半个小时后，鲍克瑟好点儿了，艰难地站起身，一瘸一拐地走回自己的马厩，本杰明和克洛弗已经为他铺好了一床干草。

接下来的两天，鲍克瑟一直呆在马厩里。猪们送来了一大瓶粉红色的药水，是在浴室里的药架上找到的。每天克洛弗在饭后喂鲍克瑟吃两回药，到了晚上，她躺在马厩里陪他说话，本杰明为他赶走苍蝇。鲍克瑟说他不后悔自己干活累垮了。如果他能恢复健康，他希望再活上三年，在大牧场的角落里过平静的生活。这将是他有生以来第一次能有闲暇学习，提高他的智力。他说他准备在余生学完字母表里另外那二十二个字母。

但是，本杰明和克洛弗只有在下班后才能陪鲍克瑟。第三天中午的时候，一辆货车过来接他走。动物们正在一头猪的监督下给萝卜田除草。他们惊讶地看到本杰明从农舍的方向跑过来，以最大的声量叫唤着。他们第一次见到本杰明这么激动——事实上，他们第一次看到他居然在跑。"快点，快点！"他叫嚷着，"快点过来！他们要把鲍克瑟带走了！"动物们不等那头猪下达命令，都停下手头的活儿，跑回到农舍里。果然，院子里来了一辆两匹马拉的封闭式装运车，车厢旁边写着字。一个戴着圆顶帽、神情狡诈的男人正坐在马夫的位置上。鲍克瑟的马厩空荡荡的。

动物们簇拥着装运车。"再见，鲍克瑟！"他们一起高嚷着，"再见！"

"笨蛋！笨蛋！"本杰明叫嚷着，绕着他们跳来跳去，小驴蹄子刨着泥土，"笨蛋！难道你们没看到货车的车厢上写着什么吗？"

听到他这么说，动物们都停了下来，大家默不作声。穆丽尔开始拼读上面的字，但本杰明将她推开，在一片死寂中，他读出上面的字：

"威灵顿阿尔弗莱德·西蒙德斯屠马场兼熬胶厂。经营毛皮和骨粉，为养狗场供货。你们难道不明白这意味着什么吗？他们要把鲍克瑟带去屠马场啊！"

动物们惊恐地尖叫起来，这时那个人挥起马鞭，两匹马迈着小步驱车离开了院子。动物们跟在马车后面，声嘶力竭地尖叫哀号着。克洛弗冲到前面，马车开始加速。克洛弗迈着臃肿的四肢也跟着一路小跑。"鲍克瑟！"她叫嚷着，"鲍克瑟！鲍克瑟！鲍克瑟！"就在这时，似乎听到了外面的动静，鲍克瑟那张鼻子上有一道白斑的脸从货车后面的小窗子里伸了出来。

"鲍克瑟！"克洛弗高声尖叫着，"鲍克瑟！下车！赶快下车！他们要把你运走杀掉！"

所有动物都叫嚷着，"下车！鲍克瑟，下车！"但货车越走越快，渐渐离他们远去。他们不知道鲍克瑟是不是听明白克洛弗说了些什么，但过了一会儿，他的脸从窗口处消失了，接着货车里传来马蹄的踢打声。他想踢破车厢下车。要是在以前，鲍克瑟的马蹄不消三两下就能将车厢踢成碎片，但现在，他已经没有力气了。过了一会儿，马蹄的踢打声渐渐减弱，最终悄无声息。在绝望中，动物们开始哀求那两匹驱车的马能停下来。"同志，同志！"他们叫嚷着，"不要将你们自己的兄弟带去杀掉！"但那两匹马十分愚笨，根本不知道发生了什么事情，只是缩着耳朵，加紧了步伐。鲍克瑟的脸没有再在窗口出现。有的动物想起跑到前头将五栅大门关起来，但为时已晚，马车通过大门，消失在大路尽头。他们再也没有见到鲍克瑟。

三天后，有消息说，尽管采取了种种医马的手段，鲍克瑟还是不幸在威灵顿的医院里去世了。斯奎拉向大家宣布了这则噩耗。他说，鲍克瑟临终前他就守护在身边。

"那是我所见过的最感人肺腑的一幕！"斯奎拉抬起猪蹄擦掉一滴泪水，"我守在他的床前，直到最后他去世为止。那时他虚弱得几乎说不出话来，在我的耳边说，他唯一的遗憾，就是没能活到风车建成的那一天。他说：'前进，同志们！以起义的名义前进！动物农场万岁！拿破仑同志万岁！拿破仑永远正确！'这就是他的遗言，同志们。"

说到这里斯奎拉的举止突然变了。他沉默了一会儿，小小的眼睛警惕地看过来看过去，然后继续说下去。

他说他知道在鲍克瑟被送走的时候，农场里流传着一则愚蠢而别有用心的谣言。有的动物注意到，拉走鲍克瑟的货车上写着"屠马场"的字样，以为鲍克瑟是被送到了屠马场那里。斯奎拉说他几乎不敢相信会有动物这么笨。他义愤填膺地叫嚷着，晃动着尾巴，跳过来又跳过去。难道它们还不了解敬爱的领袖拿破仑同志吗？答案其实非常简单，那辆货车原本的主人是一个屠马场的老板，后来被一个兽医买下了，还来不及将旧的名字擦掉，而这导致了动物们产生误会。

听到他这么说，动物们放下了心头的大石。斯奎拉继续绘声绘色地描述鲍克瑟临终前的细节：他得到了细心的呵护，那些医药特别昂贵，但拿破仑同志毫不吝惜地付了钱。动物们最后一丝疑虑被打消了，虽然他们为鲍克瑟同志的去世感到伤心，但想到他至少死得安详，他们觉得很欣慰。

接下来的星期天早上拿破仑亲自出席了会议，为鲍克瑟致追悼辞。他说虽然敬爱的鲍克瑟同志的遗骸没办法带回农场安葬，但他已经下令用花园里的月桂枝做了一个大花圈，将摆在鲍克瑟的坟前。再过几天，猪们还打算为纪念鲍克瑟举行宴席。拿破仑的发言以鲍克瑟生前最喜欢说的两句话作为结束，"我要更加努力工作"和"拿破仑总是正确的"。他说，每头动物都应该将这两句话奉为律己的格言。

到了举行宴席的那一天，一辆杂货商的货车从威灵顿开过来，给主屋送来了一个大木箱。当天晚上传来了高亢的歌声，接着又传来了似乎是激烈吵架的声音，十一点的时候最后传来打破玻璃杯的声音。第二天直到中午，主屋里没有一只猪醒过来。有消息说，不知从什么地方，那些猪得到了一笔钱，又给自己买了一箱威士忌。

十

许多年过去了，秋去春来，动物们短暂的生命弹指而尽。除了克洛弗、本杰明、乌鸦摩西和几头猪外，再没有别的动物记得起义前的情况。

穆丽尔死了，布鲁贝尔、杰西和平切尔死了，琼斯也死了——临终前沦落到住在郊区一处收容酒鬼的地方。斯诺鲍被遗忘了，鲍克瑟也被遗忘了，只有几只相识的动物还记得他。克洛弗现在成了一头衰老臃肿的母马，关节僵硬，眼角边总是堆着耳屎。她过了退休年龄两年了，但事实上，没有动物能真的退休。原本有一个议案说要在大牧场的一角开辟地方让退休动物颐养天年，但很久之前就再也没被提起过。拿破仑现在长成了重达二十四英石的成年公猪，斯奎拉胖得几乎睁不开眼睛。只有本杰明还是和以前一样，只是驴嘴更灰了一些，自从鲍克瑟去世后，变得更加孤僻而沉默寡言。

农场里现在多了许多动物，但增长的数目并没有前几年所预计的那么多。对于许多动物而言，起义只是口口相传的模糊历史，而有的动物是买来的，在来到农场之前对起义一无所知。包括克洛弗在内，农场里一共有三匹马，另外两匹马都很健壮，干活卖力，性格和蔼，但非常愚笨。没能学会B后面的其他字母。他们接受了关于起义和动物主义原则的一切教导，特别是出自克洛弗之口的教导——他们对她的尊敬近乎孝顺；至于他们能否真正理解个中要义则有待商榷。

现在农场比以前更加兴旺发达，组织得更有条理：他们从皮尔金顿那儿买了两块地，扩大了农场的面积。风车最终还是顺利建成了，农场现在安装了打谷机和干草升运机，修建了新的农舍。温帕给自己买了一辆小马车。不过，风车并没有用来发电，而是用来磨面，利润非常可观。动物们正辛苦地建造着另一座风车，据说这一座建好之后将用来发电。但再也没有动物提起斯诺鲍曾经许诺的那些奢侈的情景：畜栏里装上电灯和冷热水，一周工作三天。拿破仑斥责这些想法有悖动物主义的精神。他说，最真实的快乐在于努力工作和简朴生活。

农场似乎越来越富有，但动物们的日子似乎还是那么难过——当然，猪和狗是例外。或许一部分原因是因为现在猪和狗的数目多了许多。这些动物并非没有在从事工作——当然，是以他们的方式。正如斯奎拉总是不厌其烦地解释的那样，它们要从事永无休止的监督工作和组织工作，而这些工作是其他动物根本无法理解的。例如，斯奎拉告诉他们，猪每天要付出艰辛的劳动，从事那些名叫"文件"、"报告"、"摘要"、"备忘录"的神秘工作。那一张张大大的纸上密密麻麻地写满了文字，而一旦写好后他们又得拿到炉子里烧掉。斯奎拉说这些工作非常重要，牵涉到农场的前途和福祉。但不管怎样，猪和狗并没有靠自己的劳动创造出食物，而他们的数目是那么多，胃口又总是那么好。

至于其他动物，他们的生活一直是那样。他们总是饥肠辘辘，睡的是干草，喝的是水池里的水，在田里干活，冬天苦于严寒，夏天苦于蚊蝇。有时，他们当中年纪大一些的动物会梳理模糊的记忆，试图回忆起义刚刚结束，琼斯刚刚被赶跑的时候日子到底比现在更好一些还是更糟糕一些，但他们根本不记得了。他们不知道拿什么去参照现在的生活，有的只是斯奎拉口中的一连串数字，而这些数字总是在说"形势一片大好，而且越来越好"。动物们觉得这些数字很难理解，反正他们也没有多少时间思考这些事情。只有老驴本杰明说他记得生命中的每一个细节。他说，他知道事情从未，也永远不会变得好到哪里去或糟到哪里去——据他所说，饥饿、艰苦与失望是生活永恒的法则。

但是动物们从未放弃希望。他们一刻也没有失去作为动物农场成员的那份荣誉感和优越感。动物农场仍是整个郡县——乃至整个英国——唯一由动物当家做主的农场。每一头动物，包括那些年纪很小的动物，包括那些从十几二十英里外买来的动物，都深深为之骄傲。当他们听到枪声响起，看到绿色的旗帜在旗杆顶端飘扬时，他们的心里充满了无法磨灭的自豪。他们总是谈起以前的峥嵘岁月：赶跑了琼斯，题写"七诫"，挫败人类入侵者的伟大战役。旧时的理想并没有被忘却。动物们仍信仰着老少校曾预言的动物共和国，到了那时，英国绿油油的农田将不容人类踏足。这个理想终有一天会实现，虽然不会马上成真，虽然现在任何活着的动物在有生之年都无法看到，但这个理想迟早会实现。《英格兰兽》的旋律暗地里总是此起彼伏，农场里的每只动物都会唱这首歌，但没有哪只动物敢大声地唱出来。他们的生活总是很艰苦，他们的希望总是落空，但他们知道他们和别的动物不一样。如果说他们填不饱肚子，那至少他们没有在喂养残暴的人类；如果说他们的工作很辛苦，那至少他们是为了自己在劳动。在他们当中没有两条腿走路的动物；没有动物得称呼别的动物为"主人"；所有的动物都是平等的。

初夏的一天，斯奎拉命令绵羊们跟在他身后，带着他们来到农场尽头的一块荒地，那里长满了白桦树的青苗。在斯奎拉的监督下，绵羊们一整天都在那里啃食树叶。到了晚上，他自己回到了农场主屋，因为天气很暖和，他命令绵羊们继续留在荒地那里。他们整整呆了一个星期，这段时间其他动物没有看到他们一眼。每天大部分时间斯奎拉和绵羊们在一起。据他所说，他在教他们唱一首新歌，而这首歌需要保密。

绵羊们回来后，一个宜人的傍晚，动物们下班准备回农舍，院子里传来一声惊恐万分的马鸣。动物们惊讶地停下脚步。那是克洛弗的声音。她又尖叫了一声，全体动物一路小跑冲进院子里，看到了克洛弗所看到的一幕。

一头猪正用两条后腿走路。

是的，那只猪是斯奎拉。他走得有点别扭，似乎还不习惯用这个姿势支撑他那副庞大的身躯。但他走得很平稳，正在穿过院子。过了一会儿，长长一排猪从农场主屋的门内走了出来，他们都用两条后腿走路。有的猪走得比别的猪稳当，有一两只走得跟跟跄跄的，看上去似乎得挂着拐杖才行，但他们还是顺利地绕着院子散起了步。最后，在喧闹的狗吠和黑色小公鸡的尖叫声中，拿破仑出来了。他直立着身躯，昂首阔步，傲慢地左顾右盼。那几只狗围在他身边欢腾跳跃着。

他的猪蹄还握着一根皮鞭。

四处一片寂静。动物们惊恐地挤在一起，看着那些猪慢悠悠地在院子里散步。整个世界似乎完全被颠覆了。接着，他们震惊的情绪渐渐平复。他们不顾一切想提出抗议——尽管他们非常害怕那些恶狗，尽管多年来他们养成了无论发生什么事情都从不抱怨从不批评的习惯，但就在这时，所有的绵羊一齐开始大声地咩咩叫着：

"四条腿好，两条腿更好！四条腿好，两条腿更好！四条腿好，两条腿更好！"

他们不停地叫了五分钟。等绵羊们安静下来的时候，提出抗议的时机已经过去了，因为猪们已经回到了屋子里头。

本杰明察觉到有一只鼻子在摩挲着他的肩膀，转头一看是克洛弗。她那双昏花的老眼看上去更加黯淡无神。她什么也没说，轻轻地拽着他的鬃毛，领着他走到大谷仓书写着"七诫"的端壁那里。他们俩站在那儿，端详着沥青墙上白色的字体。

"我的眼睛不好使了。"最后克洛弗说道，"其实就算我年轻几岁也读不出上面写了些什么。但我觉得墙上写的东西似乎不一样了。'七诫'还是以前那些内容吗，本杰明？"

本杰明第一次打破自己的老规矩，为她读出墙上书写的内容。现在上面只写了一条律令，内容如下：

"所有动物皆平等，但有的动物比其他动物更加平等。"

第二天，猪们的蹄子里都夹着鞭子，监督动物们干活，这似乎没什么奇怪的。动物们得悉猪们给自己买了一台无绳电话，准备安装电话线，订了《约翰牛》、《点点滴滴》、《每日镜报》等报纸杂志，这些似乎没什么奇怪的。有的动物看到拿破仑叼着烟斗在花园里散步，这也没什么奇怪的——连猪们从衣柜里找出琼斯先生的衣服并穿上也没什么奇怪的。拿破仑穿上了黑色大衣、狩猎马裤和皮绑腿，而他最宠幸的母猪则穿着一件水纹丝绸长裙，这件衣服是琼斯夫人在星期天经常穿的。

一星期后的一天下午，几辆小马车来到农场。附近的农场主组成观光团，受邀前来参观农场。他们走遍了整座农场，对看到的每件事物啧啧称奇，特别是那座风车。动物们在萝卜田里除草，他们卖力地干着活，几乎没有抬头，不知道他们害怕的到底是这群猪还是这些人。

那天傍晚农场主屋里传来了喧闹的笑声和歌唱声。突然间听到人猪混杂的声音，动物们都觉得很好奇。现在动物和人类第一次以平等的地位进行会晤了，屋子里会发生什么事？他们一齐悄悄地溜进了花园。

走到大门处他们停下了脚步，不敢再向前走，但克洛弗带头走了进去。他们蹑蹑脚地走到屋子外边，个头高的动物透过餐室的窗户往里面张望。在餐室里，六位农场主与六只地位最高的猪围着一张长桌坐在一起，拿破仑端坐在上首主人家的座位上。那些猪看上去似乎很习惯坐在椅子上。他们刚才正在打牌，但现在暂停了，应该是准备喝酒致辞。他们传递着一个大酒瓶，杯子里又斟满了啤酒。没有人或猪注意到了窗户外头动物们好奇的脸庞正向屋里张望。

福克斯伍德农场的皮尔金顿先生端着酒杯站起身。他说他要提请列席的宾主畅饮一杯，但在喝酒之前，他觉得有些话要说。

他说，他觉得非常高兴和满意——他相信在场的宾主都有同感——持续了很长一段时间的猜忌和误解终于得以消除。有那么一段时间——虽然他和在场的客人们并非有意这么想——有那么一段时间，附近的农场主对动物农场的管理者心存疑虑，但这远远谈不上敌意。不幸的事件发生了，农场之间产生了误解。他们曾经以为由猪掌控管理农场是不正常的事情，而且会给乡村带来不好的影响。许多农场主未经调查就妄下结论，以为这座农场会陷入堕落散漫、目无法纪的境地。他们一度很担心这会对自己农场里的动物或对那些人类帮工产生不良影响。但现在，所有的疑惑都澄清了。今天他和他的朋友们参观了动物农场，亲眼见到了每一寸土地，他们发现了什么？除了最先进的农耕设施外，整座农场管理得井井有条，堪称各地农场的楷模。他相信动物农场里的低等动物比其他地方的动物干活更多，吃食更少。事实上，他和其他参观者今天学到了很多东西，准备立刻介绍引进到自家的农场里。

最后，他说他想再次申明动物农场与附近的农场过去一直友好相待，今后也应该维持这段友谊。猪和人类之间并没有任何利益上的冲突。他们的挑战与困难其实是一样的。每个地方都要面对劳工问题，难道不是这样吗？显然，皮尔金顿先生想在众人面前说出一句心里酝酿了多时的妙语，但忍不住自己先笑了起来，咳了很久，有几层褶子的下巴憋得通红，最后憋出这么一句："你们有下等动物要对付，我们也有下等人要对付！"听到这句妙语整张桌子的宾主都哄笑起来。皮尔金顿先生再一次对猪们大肆褒扬，夸他们能给动物们提供那么少的饲料，却让动物们干那么多的活儿，而且据他观察，动物农场里没有滥饮滥食这种现象。

最后他敦请全体宾主起立，酒杯里倒满啤酒。"先生们，"皮尔金顿总结道，"先生们，我提议，为动物农场的繁荣干杯！"

那群猪和那些人兴高采烈地站起身，互相祝贺。拿破仑非常高兴，特意离开自己的座位，走到皮尔金顿先生的座位与他碰杯致意，然后一饮而尽。祝贺声渐渐平息，拿破仑仍站立着，显然，他也有几句话要说。

和他以往的发言一样，这番话简短而切中肯綮。他说他对误会得以消除也感到很高兴。谣言流传了很长一段时间——他有理由相信是某些心怀恶意的敌人散播的——将他及其同伴描绘成从事颠覆甚至鼓吹革命的好斗分子，似乎他们是煽动附近农场的动物进行起义的幕后黑手。这些根本不是事实！他们唯一的愿望，无论过去还是现在，就是和邻近的农场保持和平的关系，进行正常的贸易活动。他补充说道，现在他管理着农场，建立了合作经济。农场的地契由他掌管，拥有者是全体的猪。

他还表示，他不相信那些谣言会继续流传下去，但他将对农场的日常工作进行改革，而这将有助于进一步促成外界对动物农场的信任。迄今为止，农场里的动物们有个很傻帽的习惯，他们以"同志"这个词彼此称呼。这种情况将被禁止。农场里还有一个奇怪的风俗，至于起源已经无从考究。每个星期天早上他们会列队走过花园里的一根旗杆，上面挂着一个公猪的头骨。这个风俗也将被禁止，那个头骨已经埋掉了。参观的客人或许已经注意到了在旗杆上飘扬的那面绿旗。果真如此的话，他们或许也看到了旗帜上以前的白色蹄子和角的图案已经去掉了。从现在开始，那只会是一面纯绿色的旗帜。

对于皮尔金顿先生精彩而友好的发言，他只有一点要提出批评。皮尔金顿先生一直在说"动物农场"怎么样怎么样，他当然不知道——因为现在拿破仑第一次宣布这个消息——"动物农场"这个名字已经被取缔了。从今以后，农场将改名为"曼纳农场"——他相信这才是农场正统贴切的名字。

"先生们，"拿破仑总结说，"我也要向大家祝酒，不过形式略有不同。请满斟你们的酒杯，先生们。我提议：为曼纳农场的繁荣，干杯！"

宾主们再一次真挚地互相庆贺，酒杯里滴酒不剩。在外面看热闹的动物们觉得似乎有奇怪的事情发生：那几头猪的脸似乎变样了。克洛弗昏花的老眼从一张张猪脸上掠过。有的猪长了五重下巴，有的猪长了四重下巴，有的猪长了三重下巴，那些脸似乎在消融变形。接着，掌声结束了，那些人和那群猪拿起扑克继续刚才中断的牌局，动物们悄悄地离开了。

还没等他们走出二十码远，他们就停下脚步，听到屋子里传来尖叫声。他们连忙跑回去，又趴在窗户上偷窥。是的，里面正在激烈地争吵。他们在大吵大闹，拍打桌子，狐疑地盯着对方，恼羞成怒地矢口否认。吵架的原因似乎是拿破仑和皮尔金顿先生同时打出了一张黑桃 A。

十二张嘴在一齐怒吼着，每张嘴都那么像。现在他们明白那些猪的脸到底发生了什么事。屋外的动物看看那群猪，又看看那些人，看看那些人，又看看那群猪，再看看那群猪，再看看那些人，但他们根本分不清那一张张脸到底是猪还是人。

1943 年 11 月——1944 年 2 月

终

作品题解

  第二次世界大战爆发之后，奥威尔与妻子艾琳都希望能为保卫祖国贡献自己的力量。艾琳进入情报部的审查部门工作，而奥威尔由于健康问题（肺病）未能参军入伍。从 1939 年至 1941 年，他先后为《听众》、《时代与潮流》、《新艾德菲报》、《论坛报》等左翼报刊撰写书评及杂文。1940 年 5 月 14 日，因应英国国防大臣安东尼·伊登的号召，国民自卫队成立。奥威尔加入国民自卫队，担任伦敦第五营的军士，并以自己在西班牙的亲身经历向新丁介绍如何进行巷战、修筑工事和使用武器等军事知识及技能。从 1941 年 8 月起，奥威尔进入英国广播电台工作，负责撰写面向印度听众的广播稿及节目主持等工作。1943 年 3 月，在与自己的经纪人莱奥纳德·帕克·摩尔的交流中，奥威尔提到自己正在创作一部新作，即《动物农场》。与过往根据自己的亲身经历进行创作的写实风格不同，奥威尔总结了自己在创作《向加泰罗尼亚致敬》的教训：过分拘泥于细节与事实并无益于主旨的宣扬，而以局中人的角度去阐述历史则会受到叙事手法的限制，于是他决定以童话寓言为体裁，希望它能成为一部让自己的体会和想象可以更自由发挥而且受众面更广的作品。在英国广播公司期间，奥威尔曾改编过赫伯特·乔治·威尔斯的《显微镜下失足记》、伊格纳齐奥·席隆的《狐狸》、安徒生的《皇帝的新衣》等广播剧，为创作《动物农场》积累了相关创作经验。1944年4月，《动物农场》完稿后，奥威尔决定投给一直帮助提携自己的合作伙伴维克多·戈兰兹，但由于题材过于敏感，而且苏联当时是英国的重要盟友，戈兰兹拒绝出版该书。在联系多家出版社（包括费伯—费伯出版社）均未能达成出版意向后，奥威尔找到了萨克与沃堡出版社，主编弗雷德里克·沃堡在审读稿件后，决定出版《动物农场》，原本定于1945年3月出版，但由于从1945年2月奥威尔受《观察者报》委托担任战地记者，《动物农场》直至1945年8月17日才最终出版。期间，奥威尔遭受丧妻之痛——艾琳因子宫手术住院，在麻醉中去世。

关于创作《动物农场》的灵感，奥威尔曾解释道："……我看到一个小男孩牵着一匹高头大马，我惊诧地想到，要是这些动物意识到自己的力量，我们将没有能力驾驭他们。富人对工人的剥削，其实和人类对动物的剥削没什么两样。"

《动物农场》体现了奥威尔对社会主义革命的全面反思。它以 1917 年俄国革命为蓝本，讲述了俄国革命进入斯大林时代后高层陷于分裂，大清洗和白色恐怖横行，革命理想与纲领被扭曲和遗忘，革命政权沦为权贵阶层统治群众的工具并与资本主义国家勾结的惨痛现实。

奥威尔对斯大林主义的批判始于他在西班牙内战的经历。在耳闻及目睹共产国际翻手为云覆手为雨，罔顾道义一力打压西班牙左翼势力，致使西班牙革命以失败告终之后，奥威尔对社会主义进行了深入思考。在 1947 年乌克兰文的《动物农场》序文中，他解释道："……过去十几年来，我一直认为当前的俄国政权是邪恶的，我声称自己有权利这么说，虽然苏联在这场我希望获胜的战争中是我们的盟友。如果我得用一句话证明自己，我会引用米尔顿的这句话：以众人皆知的亘古的自由之规！'亘古'这个词强调了思想自由是深深扎根的传统，没有了它，西方文明或许将不复存在。显然，我们的许多知识分子正在疏远它。他们接受了这么一个原则：一本书的出版或被镇压，被赞扬或被批评，不应该取决于它自身的优缺点，而是应该取决于政治上的权衡利弊。"在总结自己创作历程的《我为何写作》中，奥威尔写道："……1936 年至 1937 年间的西班牙内战和其他事件改变了情况，让我明白了自己的立场。在我看来，自 1936 年后，我所进行的严肃创作的每一行话，都是在直接或间接地反对极权主义体制，并为民主的社会主义体制鼓与呼。我觉得，在我们这个时代，如果有人认为创作可以回避这个话题，那他们就想错了。每个人都在以这样或那样的形式阐述这些问题，差别只在于站在什么立场，以怎样的态度去阐述。一个人对自己的政治偏见越有清醒的认识，他就越能在政治上有一番作为，而无须牺牲他的审美情趣和思想气节。……《动物农场》是我第一本有明确创作意图的作品。我想让这本书成为政治意义和艺术价值的结合。"

故事梗概：曼纳农场的动物一直遭受农场主琼斯先生的压榨和虐待。睿智的公猪老少校在临终前召集了全体动物，传授自己毕生的思考总结：人类是动物不共戴天的敌人，只有发起革命，动物才能得到幸福。老少校还教会了动物们传唱革命之歌《英格兰兽》，然后安详去世。两头年轻的公猪斯诺鲍与拿破仑继承老麦哲的教诲，为革命进行铺垫工作，并在一次偶然情况下，将琼斯赶跑，使自己获得解放，并将曼纳农场更名为"动物农场"。他们还将动物主义总结为七诚，内容分别是：

一、所有两条腿走路的都是敌人。

二、所有四条腿走路，或有翅膀的都是友朋。

三、动物们不得穿衣。

四、动物们不得睡床。

五、动物们不得饮酒。

六、动物们不得互相残杀。

七、所有动物皆平等。

这些诫令又被总结为一条至理名言："四条腿好，两条腿不好。"

斯诺鲍与拿破仑被推举为领袖，掌握食物分配及农场指挥等大权。虽然这两头猪由于性情及作风的迥异，在农场运作的方针上开始出现裂痕，但在共同的敌人的威胁下，全体动物齐心合作，挫败了琼斯及其人类同伙妄图夺回农场的反扑，取得"牛棚战役"大捷，而斯诺鲍指挥若定的智慧和身先士卒的勇敢为其赢得了崇高威望。在是否修建风车造福农场这个问题上，斯诺鲍与拿破仑出现了不可调和的分歧，在全体大会上，拿破仑派出自己私下秘密豢养的恶犬攻击斯诺鲍，迫使其逃出农场。然后拿破仑以恶犬为武力后盾，指派自己宠信的猪担任内政委员会的成员，全面掌握农场的指挥权和生杀大权。斯诺鲍流亡后，拿破仑以他在阴谋破坏动物农场为由，在内部展开了大清洗，并将《英格兰兽》列为禁歌，由歌颂领袖的《拿破仑同志》取代。而且农场里的猪开始脱离动物，过上养尊处优的生活，但由于斯奎拉这头负责宣传的猪的如簧巧舌，动物们依然相信自己的生活比起从前更加幸福，而出于对人类卷土重来的恐惧，他们愿意继续接受猪的统治。

出乎动物们的意料，拿破仑决定开始修建风车，动物们全情投入，不辞辛劳，决心建成风车，让自己过上更美好的生活。但另一间农场的主人弗莱德里克发起了进攻，并动用了火枪和炸药，炸毁了风车。在牛棚大战中立下"汗马功劳"的公马鲍克瑟没有气馁，继续努力工作，直到最后累垮。但他未能如动物农场所承诺的那样安享晚年，而是被卖给屠马场兼熬胶厂，为那些猪换得了一箱威士忌。

许多年过去了，动物农场的经济越来越兴旺发达，一座座风车陆续建成，但曾经许下的福利并没有实现，参加过革命的老一辈的动物一一离世，只剩下老马克洛弗和老驴本杰明回首往事不胜唏嘘。悄然间，七诫被改为"所有动物皆平等，但有的动物比其他动物更加平等"。而"四条腿好，两条腿不好"被更改为"四条腿好，两条腿更好"，因为那些猪竟然学会了用两条腿走路。

拿破仑开放动物农场供人类参观，并设宴招待，承诺要和邻近的农场保持和平的关系，进行正常的贸易活动，并将动物农场的名字改回曼纳农场。在窗外动物们的眼中，那些人和那群猪的嘴脸是如此地相像，根本分不清到底是猪还是人。

二战结束后，随着苏联大举进驻东欧国家及远东，世界局势的主题迅速从反法西斯势力进入以社会主义及资本主义东西两大阵营进行全面对抗的冷战阶段。《动物农场》恰逢其时，成为广受西方民主世界欢迎的了解社会主义阵营的普及读物之一。

《动物农场》是奥威尔第一部被广泛认可的成功作品。由于冷战时代的降临，《动物农场》揭露极权主义真相的反乌托邦题材与晓畅风趣的文笔让它在经济意义上大获成功。自 1945 年 8 月 17 日英国版本出版后的五年里，该书卖出了两万五千本硬封精装本——销量是奥威尔之前作品的十倍，而出版于 1946 年的美国版本销量更达到了六十万本。《纽约客》杂志不吝对《动物农场》大加赞扬，称其为"当之无愧的一流作品"，并认为奥威尔可以与斯威夫特和伏尔泰相提并论。尽管受到社会主义阵营的仇视，但奥威尔并不是逢苏必反的偏激分子。他曾对友人德怀特·麦克唐纳表示："我认为如果苏联被某个国家征服，全世界的工人阶级都会丧失信心，至少在当下会是如此……我不希望看到苏联灭亡，而且我认为应该去保卫它。但我希望人们不要对苏联抱有不切实际的希望，并意识到他们必须在不受俄国摆布的情况下发起自己的社会主义运动，我希望民主社会主义在西方实现，并让俄国获得重生。"

《动物农场》是奥威尔对心目中理想的社会主义革命的反思。他对动物们（饱受蹂躏的人民群众）的力量、智慧与热情怀有饱满的信心——在西班牙内战期间，民兵部队不畏艰难抗击强敌以及西班牙境内处处祥和平等的景象为奥威尔留下了深刻印象，并写入了《动物农场》中动物们初获胜利的情景。

《动物农场》的出版也让奥威尔承受着来自国内社会主义运动支持者施加的沉重的压力。有人怀疑他已经对社会主义陷于绝望，但在致友人德怀特·麦克唐纳的信件中他表明了自己的创作初衷："……确实，我的主要意图是嘲讽俄国革命。但我希望让更多的人了解我想说的是那样的革命（在下意识渴望权力的人的领导下以暴力和阴谋为手段的革命）的结果只会是换了新主子。我想说的是，只有在群众保持警觉，并知道在革命胜利之后如何制约领袖的时候，革命才能带来真正的改变。故事的转折点是那些猪将牛奶和苹果占为己有。如果其他动物在当时能够挺身而出，情况或许将步入正轨。如果人们认为我是在为现状辩护，我认为那是因为他们变得悲观了，以为我们只能在独裁体制或自由放任的资本主义之间做出选择。我想表达的是：除非你认识到根本没有开明专制这么一回事，否则革命是不会成功的。"

除了对社会主义运动与革命的深刻反思之外，《动物农场》的另一个非凡成就是它的幽默性。在以各种家禽牲畜为角色的小天地里，读者（尽管他们在阅读的过程中或预先对作品的了解中知道他们的现实指代）得以保持相当克制轻松的心情，以超脱甚至带有优越感的姿态去看待阴谋、杀伐、背叛与压迫。在奥威尔高超的文字技巧与娓娓道来叙事节奏的引领下，读者仿佛身临其境地经历了动物农场的革命历程：革命启蒙 —— 奋起反抗 —— 取得胜利 —— 捍卫成果 —— 缔造新天地 —— 大清洗与白色恐怖 —— 强制劳动 —— 阶级固化 —— 改旗易帜，无论是对动物的革命抱以同情和扼腕叹息，或冷眼以观嗤之以鼻，相信每一位读者在读完《动物农场》后都会自觉不自觉地思考：我会是哪只动物？革命如果发生，我将何去何从？